시간을 잇는 전당포 II

유화 글

고운출판사

시간을 잇는 전당포 II

유화 글

목차

1장

만남

일러두기

저자 고유의 글맛을 살리기 위해
표기와 맞춤법은 저자의 스타일을 따릅니다.

*

긴 꿈이었다.

세상에 있는 온갖 좋은 것과 좋지 않은 것을 다 마주
치고 만져보기도 하는 꿈. 보고 싶었던 사람들과 보고 싶
지 않았던 사람들까지 전부 만나는 꿈.

세상을 구성하고 있는 거의 모든 이야기와 기억들도
곁을 스쳐 갔다. 학생일 때 소풍을 떠났던 기억과 친구들
과 바다 수영을 했던 기억. 한때 짝사랑했었던 여학생의
얼굴과 자신의 지갑을 낚아채 달아나던 사람의 얼굴. 어
느 날 아침 사람들과 주고받은 농담까지도. 그 모든 사물
과 사람과 기억들이 마구잡이로 뒤섞여 나타나는 꿈이

었다. 그러다가 이내 각자가 각자의 자리를 찾아 자리를 잡고 나를 중심으로 하나의 작은 세계가 만들어지는 꿈. 분명 내가 이 세계의 중심이지만, 그 누구도 나를 특별하게 여기지는 않는 꿈.

하지만 딱 한 사람. 그 사람만큼은 끝내 꿈에조차 나타나 주지 않는 꿈이었다. 내게 필요한 건 다른 무엇도 누구도 아니고 그 사람 딱 한 명인데, 딱 그 사람만 없는 꿈. 그러므로 꿈속의 나는 언제까지고 굶주린 사람처럼 그 사람을 찾아서 텅 빈 표정으로 뛰어다니기만 하는 꿈.

결국 그 사람에 관한 티끌만 한 흔적조차 찾지 못한 채로 꿈에서 깼다. 가만히 자다가 일어났을 뿐인데 가쁜 숨을 들이쉬고 있었다. 창밖은 두려울 정도로 진한 검은색이었다. 남자는 침대 옆에 미리 떠다 둔 물 한 잔을 들이켜며 생각했다.

지금 나는 어디에 있을까? 태어난 때로부터 얼마나 오랜 세월이 흐른 걸까? 나의 하루는 또 몇 시부터 시작될까? 지금 내가 어디에 있는지, 내가 보내는 하루의 시작과 끝이 언제부터 언제까지인지를 모르는 것만큼 두려운 벌이 또 있을까?

그래, 그만큼 큰 죄를 저질렀으니 마땅히 이런 감정도 느껴야 하는 거겠지. 남자가 작게 고개를 끄덕였다.

그땐 절대 알지 못했다. 때로는 스치는 생각이나 가볍게 내뱉은 말 한마디도 죄가 된다는 것을. 만약 내가 조금이라도 더 똑똑하거나 선한 사람이었다면, 절대 그런 짓은 저지르지 않았을 텐데….

어느새 남자를 따라 잠에서 깼는지, 커다란 개 한 마리가 그의 옆으로 다가와 그의 손을 핥았다. 남자는 덕분에 깊은 자책감으로부터 한결 빠르게 벗어날 수 있었다.

"그래. 인제 그만 정신 차려야지."

그는 고개를 휘젓고 남아 있던 잠기운을 마저 날려버

리고는 침대에서 일어나 기지개를 켰다. 어깨와 목, 등 곳곳에서 뼈와 근육이 맞춰지는 소리가 들렸다. 창밖은 검은색이었지만 분주하게 움직여야 했다. 남자의 오랜 경험과 직감이 움직여야 하는 시간임을 알려주고 있었다. 애초에 창문에 칠해진 검은색은 밤하늘의 자연스러운 검은색이 아니었다. 그건 오히려 지하철이 터널을 지나는 동안 그 안에서 차창 바깥을 바라볼 때의 그것에 가까웠다. 전당포가 '파견 장소에서 다른 파견 장소로 이동하는 중'에는 마치 터널을 통과하는 것처럼 깜깜한 풍경이 창밖으로 펼쳐지곤 했다. 그러다 파견 장소에 도착하게 되면, 깜깜했던 창문이 눈 깜짝할 사이에 햇볕이 가득히 채워진 창문으로 탈바꿈했다. 통째로 이곳저곳을 옮겨 다니는 가게라니! 처음에는 그 광경에 좀처럼 익숙해지기 힘들었지만 이제는 익숙해져서 그다지 놀라지도 신기해하지도 않았다. 여전히 그 가게가 비행기 또는 지하철처럼 장소와 장소 사이를 이동하는 정확한 원리는 알지 못했지만.

그렇게 창밖으로 준비동작도 없이 갑자기 해가 뜨고

나면 남자는 본격적으로 출근 준비를 하기 시작했다. 방의 구석에 나 있는 체구가 작은 사람이 겨우 드나들 수 있을 만큼 작은 문을 열고 들어가면 '도대체 이 집은 어떻게 생겨먹은 거야?'라는 생각이 들 정도로 거대한 욕탕이 그를 맞아주었다. 남자는 그곳에서 최대한 정갈하게 몸과 마음을 정돈하고 나와서는 옷장을 열어 옷을 입었다. 온통 똑같이 생긴 흰색 셔츠들이 일일이 잘 다려진 채로 걸려 있었다.

옷을 차려입은 뒤에는 드디어 문을 열고 가게를 나선다. 한 차례 더 기지개를 켜며 오늘의 경치를 바라본다. 경치는 매일같이 바뀌었다. 어느 날에는 사람들이 냄비 속의 끓는 기포처럼 넘쳐나는 도심 한복판에 있기도 했고 다른 날에는 숲이나 해변을 바로 코앞에 두고 있기도 했다. 절벽 꼭대기에서 문을 열었을 때는 매섭게 불어오는 바람에 겁을 집어삼키기도 했다.

그렇게 경치 구경을 마치고 나서는 부지런히 아침밥으로 먹을 만한 음식을 구하러 주변을 걷기 시작했다. 전당포에 그날의 손님이 찾아오기 전까지 늘 한 시간 정도는 여유가 있었으니 그 사이에 동네에 있는 빵집이나 편의점 같은 곳을 찾아 다녀오는 식이었다.

그리고 전당포 한편에 조용히 자리를 잡고 있던 전화가 소란스럽게 울기 시작하면 전화를 받는다. 네, 네. 준비됐습니다. 그렇게 몇 마디 말을 건너편의 누군가와 주고받고는 자리에 앉아서 손님을 기다린다.

나름의 사연이 있는 손님이 문을 열고 들어오면 그때부터는 그 사람의 이야기를 들어주거나 그 사람에게 거래를 제안한다. 가장 소중한 것을 갖고 오면 원하는 장면이나 원하는 사람을 꿈에서라도 다시 만나게 해준다는 제안이다. 남자는 손님의 결정에 따라서 손님에게 준비된 물건을 건네거나 손님이 소중한 것을 가져올 때까지 얌전히 기다리거나 혹시 생각이 바뀌진 않을까 해서 밤이 깊도록 자리를 지키고 있다. 그게 그가 하는 일의 거의 전부였다.

정확히 어떤 원리로 이 전당포가 운영되는지. 그리고 이 일을 왜 해야 하는 건지와 같은 자세한 사항들은 실무자인 그조차도 알지 못했다. 다만 처음에 그곳에 배정되는 순간부터 그렇게 업무를 처리하고 그에 맞춰서 하루 일과를 짜야 한다고만 들었을 뿐이다. 그리고 언제일지는 알려줄 수 없지만, 그렇게 일하다 보면, 그러니까 '죗값을 다 치르고 나면' 당신에게도 원하는 것을 손에 넣거나 만나고 싶은 사람을 만날 기회가 결국엔 주어질 거라고. 남자는 그저 그 말만을 따라서 지금 자신이 있는 곳이 어디인지 그리고 오늘이 어디쯤 온 오늘인지도 모르는 채로 묵묵히 주어진 일만 할 뿐이었다.

이번 의뢰는 철천지원수를 한 번은 만나게 해달라는 다소 건강하지 않은 의뢰였다.

삼십 대로 보이는 의뢰인의 사연은 어디에서도 일어날 법했지만 한편으로는 누구라도 그 입장이 되었을 때 분노해 마지않을 이야기였다.

'그 일'이 일어나기 전까지 그의 인생은 아주 근사한 것은 많지 않았지만 큰 걸림돌도 그다지 없이 평탄하게 이어지고만 있었다. 주변 사람들과의 관계는 더없이 좋았고 그중 가장 아끼는 친구와 함께 세운 회사는 느리지만 확실하게 성장세를 타고 있었다. 처음 만날 때부터 평생의 사랑이 될 거라는 확신을 줬던 사람과도 연인이 되는 데에 성공해서 본격적으로 결혼 이야기까지 나누기 시작한 참이었다.

그 일은 그가 바로 눈치채지 못했을 뿐, 오래전부터 서서히 그의 주변에서 일어나고 있었다. 바로 그의 동업자이자 친구와 그의 약혼녀가 조금씩 서로에서 호감을 품기 시작해, 후에 가서는 그를 빼고 단둘이서만 만나기도 하고 넘지 말아야 할 선까지 넘어가며 위험한 관계를 이어가기 시작한 것이었다.

그 일이 일어났음을 알게 된 것은 그가 며칠 간의 출장을 마치고 돌아왔을 때였다. 너무 힘들었다고, 너희들은 앉아서 일만 하느라 좋았겠다고 말하며 사무실 문을 열고 들어오는데 어째선지 그 누구도 자신의 말에 대꾸를 해주지 않았다. 다 같이 잠깐 주변 카페에 다녀오는 건가 싶어 주변을 둘러보니 그제야 이상한 점들이 느껴지기 시작했다. 어지럽게 널브러져 있어야 할 서류에서부터 시작해서 사무용 컴퓨터나 전자기기 같은 것까지, 있어야 할 것들이 보이지 않았던 것이다.

무슨 일인가 싶어 친구에게 전화를 걸어보니 없는 번호라는 안내음이 돌아왔다. 다른 부하 직원들에게 전화를 걸어봐도 마찬가지였다. 주변을 수소문해 봐도 명쾌한 정황을 알아낼 순 없었다. 그저 며칠 전부터 사무실에 사람들이 분주하게 드나들며 물건을 옮기는 것을 봤다는 말만 들려왔다.

이게 뭐지. 가장 믿었던 친구에게 배신이라도 당한 걸까. 난처한 마음으로 연인에게 전화를 걸었다. 그보다 나이는 어렸지만 종종 그가 흔들릴 때마다 지혜로운 조언들을 주는 그녀였으니 그녀에게라도 이 사실을 알리고 도움을 받아야 했다. 하지만 그녀는 아주 긴 신호 끝에

전화를 받고는,

"미안해."

라는 말만을 남기고 전화를 끊어버리는 것이었다. 그 후에 그가 몇 번을 다시 전화를 걸어봐도 그녀는 받지 않았다.

아무것도 하지 못하고 며칠을 보냈다. 그리고 수소문 끝에 듣게 된 소식은 그가 최악의 경우라고 생각했던 그대로였다. 그의 절친한 친구이자 동업자가 자신에 관한 여러 악의적인 소문을 퍼뜨려 회사 사람들을 꾀어내고, 그의 약혼녀마저 설득하여 그야말로 그의 것이었던 모든 것을 빼앗아 달아나 버린 거였다. 아니야, 그래도 그렇지. 아닐 거야. 그게 그렇게까지 간단하고 아무렇게나 감행할 수 있는 일이겠어? 그렇게 생각해 보려고도 해봤지만, 사실은 그러한 일들은 제법 오래전부터 준비해 왔다는 정황을 알게 된 이후에는 외면조차도 하지 못하게 되었다. 철저하고도 처절한 붕괴였다.

"이렇게까지 내 인생을 망가뜨리다니. 그 친구, 아니, 그 갈아 마셔도 모자랄 놈을 한 번은 만나야겠어요. 가능하다고 했죠?"

전당포의 그 남자는 의뢰인의 말을 가만히 듣다가, 난처하다는 표정을 지으며 이렇게 말했다.

"그렇게까지 할 수밖에 없었던 말 못 할 사정이 있었던 것 아닐까요? 조금만 더 기다려보면 어때요? 연락이 온다거나 직접 나타난다거나 할 수도 있잖아요."

의뢰인이 얼굴을 붉히며 소리쳤다. 그건 제가 알 바가 아니잖아요. 중요한 건 결과죠. 내 인생이 이렇게 돼버린 결과!

"알겠습니다. 물론 저도 전적으로 이해하죠. 얼마나 화가 나시겠어요. 대신 이건 알아두세요. 그 사람과의 만남은 꿈속에서 이뤄지는 것이라서 그 사람을 물리적으로 해친다거나 할 수는 없다는 걸요."

"괜찮아요. 얼굴이라도 봐야 직성이 풀리겠어요…."

의뢰인이 그 말을 끝으로 울먹이기 시작했기에, 남자는 어쩔 수 없이 그의 말을 따르기로 했다. 남자가 거래의 대가로 지불한 것은 그 친구와 함께 일하며 벌어들인 수익 전부였다.

꿈속에서 원하는 사람과의 면회 시간을 만들어주는 알약을 내어주니 그 남자는 곧바로 그것을 받아 들고는 전당포를 나섰다. 남자는 그의 발소리가 완전히 안 들릴 때까지 앉아 있다가, 그를 뒤따라 가게를 나서곤 점처럼 작게 멀어지고 있는 의뢰인의 뒷모습을 바라봤다. 속마음을 읽을 수 없는 뒷모습이었다.

공기의 맛이 비릿했다.

보통은 정말 그리운 사람이나 행복하길 바라는 사람을 만나러 가던데. 왜 가끔 이런 고객까지 이 전당포를 발견하게 되는가. 그 이유를 아직도 알 수 없었으나 전당

포와 전당포를 운영하는 그 세계의 섭리를 궁금해하기
엔 남자는 턱없이 작은 존재라는 생각이 스쳤다.

오늘은 유난히 밤이 길 것 같아서 산책할 준비를 했
다. 얇은 겉옷을 꺼내 걸치고 커다란 개에게도 목줄을 채
웠다. 어차피 날짜가 바뀔 때까지는 전당포도 계속 그 자
리에 있을 테니 여유롭게 동네 곳곳을 걸을 수 있겠다고
생각했다.

그렇게 한 시간쯤 처음 보는 동네를 걷고 있는데, 저
앞에서 익숙한 얼굴이 보였다. 낮에 남자의 전당포를 찾
았던 의뢰인이었다. 의뢰인도 남자를 발견하곤 멀찌감
치에서 손을 흔들며 인사를 건넸다.

좀처럼 속마음을 읽을 수 없는 표정이었다. 조금 웃고
있는가 하면 조금 전까지 울고 있었던 것처럼 눈이 부어
있었다.

과연 꿈에서 과거의 친구이자 오늘의 원수를 만나 어

떤 대화를 나눈 걸까. 어떤 말들을 주고받아야 저런 얼굴
이 되는 걸까. 그는 지금 어떤 감정을 느끼고 있을까? 온
갖 저주를 다 퍼부은 후의 후련함일까, 아니면 찢어지는
마음을 덮어두고 그를 용서한 후에 되찾은 평온일까? 남
자가 꼭 알아야 할 일도 궁금해할 일도 아니었지만, 그는
그러한 의뢰인의 표정을 보고는 사람들 사이의 일과 사
람의 마음이라는 건 정말 알다가도 모르겠다는 생각을
했다.

또 한번은 그런 의뢰인도 있었다. 제법 심란한 표정을
지으며 전당포의 문을 열고 들어온 사람이었다. 남자는
생각했다. 저런 표정이라면 보통 열에 아홉은 연락이 끊
겼거나 세상을 떠난 사람을 만나고 싶어서 찾아오는 사
람이었는데, 이번에도 비슷하겠군.

그런데 그 의뢰인이 남자에게 건넨 말은 그의 예상과
는 전혀 다른 한마디였다.

"주방에서 수습 생활을 할 때 맛봤던 양파 수프를 다

시 한번 먹어보고 싶어요."

"네? 무슨 수프요?"

"양파 수프요. 정말 죽기 전에 한 번만 더 먹어보고 싶은데, 다른 어디를 가도 그 맛이 안 나요."

뭐 이런 사람이 있지? 그게 정말 자신이 지닌 가장 소중한 물건 혹은 기억 같은 것을 대가로 치르면서까지 다시 먹어볼 가치가 있는 음식이라고? 누굴 만나보고 싶다는 게 아니라? 남자가 의뢰인의 말을 도저히 이해할 수 없어 멍한 표정으로 가만히 있자 의뢰인은 웃으며 그 수프에 관한 이야기를 풀기 시작했다.

의뢰인은 어려서부터 아주 가난한 집에서 자라왔고, 중학교에 채 들어가기도 전부터 부모와의 연도 끊겨 혈혈단신으로 하루하루를 연명했다고 했다. 그렇게 여느 날처럼 굶주린 배를 안고 거리를 떠돌던 어느 날, 한 가게 앞을 지나다가 태어나 처음 맡아보는 황홀한 냄새에

홀려 그곳의 문을 열고 들어갔는데, 그곳이 당시에는 흔치 않았던 어느 양식당이라는 것을 깨닫고는 '이곳에서 설거지 같은 잡일이라도 하면서 지내면 적어도 굶어 죽지는 않겠구나'라는 생각을 했다고 했다. 그래서 무턱대고 나를 좀 받아달라고 드러눕듯이 부탁을 했던 거였고.

그것은 상식적이지 않은 생떼에 불과한 부탁이었다. 하지만 마침 그 장면이 가게의 주인 눈에 들어왔고 그 절박함을 그냥 지나칠 수는 없겠다는 말과 함께 그날부터 그의 주방 생활이 시작된 거였다.

주방 생활은 험난했다. 날카로운 쇠붙이들과 끓는 물과 기름이 사방에서 튀는 주방에서는 전쟁터를 방불케 할 정도로 엄격한 규율과 욕설들이 매일 빗발쳤다. 아직 소년에 불과했던 의뢰인은 그 가운데에서 꺼지기 직전의 촛불처럼 흔들리며 버틸 뿐이었다.

그는 요리사로 인정받지도 가게의 식구로 환영받지도 못한 채로 잡일만 계속했다. 양식당의 구석구석을 쓸고 닦으며 먼지 한 톨 보이지 않도록 애썼고 손님이 몰리는 시간대에는 손님들에게는 보이지 않도록 주방 안으로 들어가 설거지의 최전선에 투입됐다. 그러다가 모두가 쉬어갈 때를 틈타 생쥐처럼 소리 없이 주방으로 다시들어와 쓰고 남은 식재료라든가 손님이 남긴 잔반을 입으로 욱여넣는 식으로 끼니를 해결했다. 모두가 퇴근하고 난 뒤에는 혹시라도 내일 아침에 청소 상태로 구박을받을까 하여 한 차례 더 청소를 하고, 홀 한구석에 종이상자들을 펼쳐놓고 그곳에서 잠을 청했다.

그날도 마찬가지로 모두가 흩어져 다른 곳에서 바람을 쐬거나 커피를 마시는 것을 확인하고는 주방으로 숨어들었다. 오늘은 유난히 재료가 신선했던 걸까. 아니면다들 실력발휘가 제대로 된 걸까. 남은 음식이 별로 없네. 그렇게 생각하며 한참 곳곳을 뒤적이고 있는데, 뒤에서 서늘한 목소리가 들려왔다.

"뭐 하나?"

화들짝 놀라 뒤를 돌아보니, 거기엔 부주방장이 팔짱을 긴 채로 서서 자신을 노려보고 있었다. 망했다. 나는 이제 끝났구나. 오늘이 여기서 지내는 마지막 날이구나. 이제 어디 가서 먹고 자야 하지? 부주방장이 굳이 닫고 있던 입을 열고 말했다.

"뭐 하냐고. 너 맨날 이렇게 끼니 때워?"

"네. 죄송합니다."

이제 쫓겨나 버릴 테니 죄송했습니다가 맞으려나? 바보 같은 고민을 하고 있는데 다시 부주방장의 목소리가 들려왔다.

"미안하다. 우리가 그걸 생각 못 했네. 먹여주고 재워주는 곳 없어서 들어온 애를. 당연히 알아서 잘 챙겨 먹을 거라고 생각했었어. 조금만 기다려 봐."

그러더니 그는 앞치마를 두르곤 양파와 치즈, 빵 같은

것을 꺼내어 무언가를 만들기 시작하는 것이었다. 어안이 벙벙한 채로 서서 그것을 바라보고 있으니 부주방장이 피식 웃으며 말했다.

"대단한 건 아니고. 프랑스에서 흔히 먹는 간단한 양파 수프야. 근데 맛있을 거야. 무엇보다도 너를 위해 만든 요리는 처음일 테니까 더더욱."

간단한 수프 요리라고 하기엔 조리 시간이 무척 길었다. 부주방장은 20분이 넘도록 양파와 재료들을 볶고 또 10분이 넘도록 그것을 끓이며 시도 때도 없이 냄비를 살펴봤다.

그렇게 그의 앞에 놓인 양파 수프는 믿을 수 없을 정도로 감미롭고 달큰한 냄새를 풍기고 있었다. 그리고 그 첫입. 그 첫입의 기억이 삼십 년이 지나도록 계속해서 잊히지 않는 것이었다. 나도 이제 마흔을 넘기고 쉰을 향해 가고 있는 중견 요리사인데. 규모가 있는 대회에서 몇 번쯤 상도 받았었는데. 그런데 그 양파 수프의 맛은 아무리

1장

따라 하려 애써봐도 도무지 따라 할 수가 없었다고. 그래서 딱 한 번만 다시 먹어보고 싶다고. 나도 그런 음식을, 그런 감동을 주는 사람이 되었을지 확인해 보고 싶다고.

그토록 간절하게 바라는 일이니, 전당포의 남자는 그에게 순순히 꿈속으로 들어갈 수 있는 알약을 내어주었다. 그는 그것을 받아 들고는 마치 소년처럼 잔뜩 상기된 표정으로 전당포를 뛰쳐나갔다. 전당포의 남자는, 누군가에게는 한 그릇의 음식이 사랑했던 사람과의 재회만큼이나 소중할 수도 있겠구나. 다른 사람들에게는 한낱 사물과 요리에 불과한 것이 누군가에게는 전부가 될 수도 있는 거겠구나. 생각하며 묘한 감정을 느꼈었다.

상부로부터 전화가 걸려 온 건 어느 이십 대 남성 고객과의 거래를 성사시킨 뒤였다. 벌써 시간이 그렇게 됐나? 아마도 그 전화는 전당포의 위치를 새로운 파견지로 이동시켜야 하니 안전하게 앉아 있으라는 안내를 해오는 전화일 것이었다. 그래도 그렇지. 이번에는 조금 빠듯하게 움직이네. 남자는 수화기를 집어 들었다.

"네. 전화 받았고 지금 얌전히 자리에 앉아 있습니다."

남자가 그렇게 말하면, 건너편에서는 알았다는 듯이 잠시간의 침묵 후에 먼저 전화를 끊곤 했다. 그런데 이번에는 조금 달랐다. 건너편의 사람이 짐짓 사무적인 말투로 말을 걸어오는 것이었다.

"아니요. 이번에는 그것 때문에 전화드린 게 아닙니다. 시기가 임박했습니다."

"시기요? 무슨 시기요?"

"만료일 말입니다."

"만료일?"

남자는 그렇게 말하고는, 아차, 무언가를 깨달은 사람처럼 수화기를 든 손을 바들바들 떨기 시작했다. 그 시기가 다가오고 있는 것이었다. 그에게는 세상의 그 무슨 일

보다도 중요한 그 만료일이라는 것이. 벌써 그렇게 됐구
나. 내가 그만큼이나 많은 손님을 받아냈구나 결국.

*

지금보다도 훨씬 젊은 모습이었을 때, 남자는 결핍이
아주 많은 사람이있다.

몸은 이미 다 자라 어엿한 청년의 모습을 하고 있는
데, 그리고 또래 사람들은 다 나름의 상대를 만나 사랑하
고 사랑받으며 지내기 시작했는데 그는 그 기쁨을 전혀
알지 못했다.

삶이 그랬다. 남들과는 출발선 자체가 달랐다. 사랑이
라는 것도 최소한의 조건은 갖추고 있어야 생각이라도 할
수 있었던 건데 남자의 조건은 그가 생각하기에 한참은
못 미치고 있었다. 부모 개개인의 사정으로 산더미처럼
불어난 빚을 그들 각각의 건강상의 이유로 젊은 그가 한

몸에 떠맡아야 했다. 배우고 싶었던 일들도 그만둬야 했고 하고 싶었던 일도 현실을 직시하면서 포기해야 했다.

아침부터 일어나 이웃의 농장 일을 하나 해치우고 곧바로 공장으로 달려가서 해가 질 때까지 일을 했다. 공장 일을 마치고 나와서는 동네의 소란스러운 주점으로 가서 자극적이고 기름진 술과 음식을 숨도 못 쉬고 날랐다. 그러다 보면 가끔 의도치도 않았는데 술에 취한 손님들과 실랑이를 벌이기도 했고 폭탄을 맞은 것처럼 어질러진 테이블을 구역질을 참아가며 치우기도 했다. 그렇게 힘든 나날이 계속되고 있었지만, 그래도 타고난 천성 자체는 온순하고 사람을 좋아하는 성격이었기에 길을 걷다가 불쌍한 사람을 마주치거나 위험에 처한 사람을 목격했을 땐 주저하지 않고 그를 돕기 위해 달려가곤 했었다. 그러므로 주점에서 마주치는 모든 손님도 도움이 필요한 불쌍한 사람, 이라고 생각하면 마음이 좀 괜찮아지고 몸도 어떻게든 움직일 수 있었다.

언제쯤 이 고생이 끝이 날까. 언제쯤.

그날도 속으로 화를 삭이고 사람을 조금이라도 덜 미워하려 애쓰며 그 말만 몇천 번째 되풀이하고 있었다. 그렇게 그릇들의 물기를 닦고 있는데, 가게 안쪽에서 소란스러운 소리가 들려왔다. 무언가가 부딪히고 깨지는 산만한 소리였으므로, 그는 놀라서 그곳을 향해 달려갈 수밖에는 없었다.

그곳에는 아주 체구가 작은 젊은 여자 한 명이 쓰러져 있었다. 어딘가에 다리가 걸리거나 부딪혀서 중심을 잃고 넘어진 모양이었다. 여자의 팔꿈치 주변으로 피가 뚝뚝 떨어지고 있었다. 남자는 깜짝 놀라 마른 수건을 들고 그쪽으로 달려갔다. 그리곤 혹시라도 그녀가 더 다칠까 하며 여전히 주저앉아 있는 그녀의 주변에 널브러진 유리 조각들을 손으로 그러모으기부터 했다. 그릇이 날카로운 모양으로 깨졌는지 손에 따끔하는 느낌이 스쳤지만, 그걸 신경 쓸 틈은 없었다. 자기 앞에 주저앉아 있는 여자는 그가 지금껏 살면서 봤던 그 어떤 사람보다 작고 연약해 보였으니까. 지금 바로 이 상황에서 구해주지 않으면 당장이라도 시들어버릴 만큼 위태로워 보였으니까.

"죄송해요. 제가 빈혈 기운이 좀 있는데 밥 다 먹고 자리에서 일어서다가 잠깐 기절을 했었나 봐요."

그런 거였군. 술에 취해서 중심을 못 잡은 줄 알았는데. 그렇게 생각하며 주변을 둘러보니 주변에 그녀의 일행은 보이지 않았다. 아무래도 밤늦게 혼자 와서 늦은 끼니를 해결하는 손님인 것 같았다. 그렇게 혼자 밥을 먹으러 왔는데 쓰러져서 모두의 이목을 집중시켜 버리는 바람에 더없이 민망해하는 중이었고.

"괜찮아요. 일단 이걸로 팔 좀 닦으시고. 제가 얼른 약을 좀 갖고 올게요."

여자는 그가 급하게 가져온 연고와 반창고를 팔꿈치에 붙이고는 도망이라도 치듯이 돈을 던져두고 급하게 가게를 나섰다. 남자는 생각했다. 하긴 나였어도 도망가고 싶었을 테니까. 그리고 그제야 손바닥이 점점 더 크게 욱신거리는 것을 느끼기 시작했다. 깨진 유리를 치우다가 조금 깊고 길게 베인 모양이었다. 그래도 어쩔 수 없는 일이었다. 일을 멈출 수는 없었다. 그래. 삶은 원래 아픈 건데 여기서 조금 더 아파봤자 얼마나 더 아프겠어. 그는 욱신거림을 애써 외면하고는 다시 무거운 것들을 옮기고 손에 물을 묻히면서 더러운 것들을 닦았다.

그렇게 자정을 넘겨 겨우 퇴근했을 때, 그리고 축 처진 어깨로 가게를 나섰을 때, 남자는 평소와는 다른 낌새를 느껴 얼른 주변을 둘러보았다. 그리고 거기에 조금 아까의 그 여자가 서 있는 게 보이는 거였다. 남자는 혹시 그녀가 자기 때문에 그곳에 서 있는 건가 싶어 잠깐 머뭇거렸지만, 이내 '에이, 설마'라고 생각하며 그녀에게는 아주 작게 고개만 숙이고 갈 길을 가기 시작했다.

"잠깐만요."

여자가 남자를 불러 세웠다.

"저요?"

"네. 아까 저 도와주시느라고 다치신 것 같던데…."

"아…."

남자가 자신의 손바닥을 내려다보았다. 상처가 아까보다도 더 빨갛게 부풀어 올라 있었다. 그는 얼른 주먹을 쥐어 상처를 감췄다.

"괜찮아요. 별거 아니에요."

"여기서도 다 보여요. 가벼운 상처가 아닌 것 같은데요."

이리 좀 와보세요. 여자가 그에게 손짓했다. 남자는 조금 멋쩍어져서, 사실은 여자와 이렇게까지 길게 대화해본 적이 거의 없었기에 머리를 긁적이며 쭈뼛쭈뼛 그녀의 앞으로 가서 섰다.

"손 보여주셔야죠."

"아. 네."

"힉. 이거 봐. 약도 안 바르니까 이렇게 부풀어 오르지. 이거 이대로 두면 덧나요. 가만 있어 봐."

여자가 주머니에서 연고와 의료용 헝겊을 꺼내 그의 상처를 처치하기 시작했다. 연고도 헝겊도 가게에 있었던 것과는 다르게 생긴 것이었다. 그는 자신의 손에 여자의 손이 살짝 스칠 때마다, 세상에서 느껴본 적 없었던 감촉으로 자신도 모르게 흠칫흠칫 놀라고 말았다. 여자는 그런 그를 보며 작게 웃었다.

"고맙기도 하고 미안하기도 해서 집에서 가져왔어요."

"아닙니다. 제가 고맙고 미안합니다."

"뭐가요?"

"그냥요. 밤도 늦었고 피곤하실 텐데 여기까지 다시

오시게 만들어서요."

"걸어서 십 분밖에 안 걸리는데요 뭐. 이제 다시 천천히 걸어가면 돼요."

두 사람이 서 있는 곳 멀찌감치에서 몇 명의 사람들이 떠들며 스쳐 갔다. 목소리와 몸짓이 큰 걸로 보아 술에 얼큰히 취한 모양이었다. 남자는 그들을 슬쩍 흘겨보며 여자를 향해 작게 말했다.

"괜찮으시면 제가 데려다드릴게요."

"그쪽이 왜요? 괜찮은데요."

"괜찮은 표정이 아닌데요."

여자는 아차 하며 민망한 웃음을 지어 보였다. 사람들이 지나가는 것을 눈치채자마자 잔뜩 겁먹은 표정을 지었기 때문이다.

"그래도 괜히 저 때문에."

"걸어서 십 분밖에 안 걸리는 거리라면서요. 저도 천천히 걸어가면 좋죠. 아닌가, 오히려 다른 사람들보다 내가 더 무서우려나?"

여자는 그의 말을 듣고는, 뭐야, 말도 잘하네, 라고 말하며 자신의 집을 향해 앞장서기 시작했다.

"무섭게 생기긴 하셨지만, 나쁜 사람 같진 않네요. 가요."

그와 그녀는 그녀의 집으로 향하는 십 분 동안, 나는 어떤 사람이며 어떤 것을 좋아하고 싫어하는지에 대해 이야기했다. 여자는 나중에 꼭 공부하고 싶은 것이 있어 밤늦게까지 일을 한다고 했다. 그러다 보면 끼니를 놓칠 때가 많았고 그럴 때마다 남자가 일하는 가게에 혼자 가서 늦은 저녁을 먹는다고. 남자는 이유는 조금 다르지만 그녀와 마찬가지로 아침부터 밤늦게까지 일을 한다고 대답했다. 그리고 아직 하고 싶은 일은 없고 좋아하는 것과 싫어하는 것도 그다지 없다고. 참 볼품없는 대답이라고 생각했지만, 한편으로는 자신이 이렇게까지 누군가와 편한 분위기에서 대화를 할 수 있었던가 싶어 내심 신기하다고도 생각했다.

"좋아하는 게 없을 수도 있구나. 좋아하는 사람도 없어요?"

"네. 좋아하는 사람도 없어요. 좋아하는 사람 있어요?"

"지금 좋아하는 사람은 없는데요. 좋아하는 유형은 있어요."

"이상형 같은 거?"

"네. 전 좀 순둥순둥하고, 때 묻지 않고. 좀 바보 같을 정도로 착한 사람이 좋아요. 잘 웃고. 다른 사람들 잘 도와주고."

남자는 그녀의 말을 듣고 생각했다. 다른 건 몰라도 나는 절대 아니겠구나. 이렇게 투박하고 거칠고 서툰 사람도 그다지 흔치 않을 테니까. 그렇게 생각하니 이상할 정도로 서운해지기 시작하는 거였다. 남자는 작게 웃었다. 자기가 뭐라고 서운해. 웃겨 정말.

"왜 웃어요?"

"아니에요. 헛기침이었어요."

"그래요? 아무튼, 저 앞 건물이 제가 사는 집이에요. 오늘 여러모로 고맙습니다."

네, 들어가세요. 남자는 그렇게 어색한 동작으로 고개를 숙이곤 뒤를 돌아서서 왔던 길을 거슬러 걷기 시작했다.

"내일도 출근하죠? 같은 시간에 퇴근하고? 그럼 내일도 밥 먹으러 갈게요. 심심했는데 동네 친구나 하자고요. 저 착한 사람 좋아한다고 했잖아요."

남자는 좋으실 대로 하라고 대답하고는 계속 앞만 보고 걸었다. 하지만 걸음걸이만은 무덤덤한 척 연기할 수 있었지만, 그녀를 등지고 걷는 그의 얼굴에서 씰룩씰룩 미소가 피어오르는 것만큼은 좀처럼 막을 수 없었다.

그의 젊은 날의 사랑, 그리고 첫사랑은 그렇게 시작되고 있었다.

전당포의 남자가 가만히 손에 든 액자를 내려다보고 있었다. 액자 안에는 환하게 웃고 있는 그와 그녀가 있었다. 그는 진심으로 그녀를 사랑했고 그녀 역시 그를 사랑해 주었다. 행복한 사랑이었다. 다시금 그때로 돌아갈 수 있다고 해도 기꺼이 손을 다쳐가면서 다시 그녀를 보살피고 또 얼마나 크고 작은 사건사고들을 겪게 될 것을 알아도 기꺼이 다시 그녀 옆에 있기를 택할 정도로 행복한 사랑.

하지만 이내 액자를 내려놓는다. 남자가 지금 이 일, 어쩌면 세상에서 가장 기묘하고 특별한 전당포를 운영하고 있는 이유도 다 그 여자에 관련한 거였다. 사실 그 남자는 그녀에게, 그러니까 '운명이 점지해 준 일생에 딱 한 번 만날 수 있는 귀인'에게 커다란 상처를 준 죗값을 전당포에서 일하는 것으로 치르고 있는 중이었으니까.

*

처음 남자가 알 수 없는 흐름에 의해 전당포에 도착했을 때, 그곳에는 소름이 끼칠 정도로 적막만 흐르고 있었다.

도대체 나는 누구에 의해 무슨 이유로 이곳에 와 있는 건지도 알 수 없었고 조금 전까지 자신이 어디에서 무엇을 하고 있었는지도 기억이 분명하지 않았다. 다만 내가 이곳에 와 있다. 그 감각만이 분명했다. 그 무시무시한 적막과 이곳에 서 있다는 느낌은 절대 꿈속의 그것이 아니었다. 이게 정말이라면. 그렇다면 도대체 왜. 왜 난 여기에 있는 걸까? 납치라도 당한 걸까?

날카로운 전화벨 소리가 적막을 찢었다. 전화벨은 아주 집요하게 계속 울려댔다. 마치 '여기에 너 말고 다른 사람은 아무도 없으니 얼른 네가 전화를 받아'라고 말하듯이. 남자는 내가 이 전화를 받아야 하는 건지, 받아도 괜찮은 건지를 계속 고민했지만, 그가 전화를 받기 전까지는 이 소리가 끈질기게 이어질 거라는 묘한 직감을 느끼곤 조심스레 전화기 앞으로 다가가 수화기를 들었다.

"여보세요?"

"김병완 씨."

"네?"

처음 들어보는 남자의 목소리였다. 그러므로 그가 아는 사람은 아닐 것이었다. 그러면 이 사람은 어떻게 내 이름을 알고 있지? 누구시냐고 물어봐야 하는 건가? 하지만 건너편의 사람은 너무나도 사무적인 말투로 자신의 말만을 이어가기 시작했다.

"김병완 씨는 전당포의 새로운 관리인으로 배정되었습니다. 오늘부터 별도의 안내가 있을 때까지 계속 그곳의 운영을 맡으시면 되겠습니다."

"제가요? 왜요?"

"자세한 이유는 말씀드릴 수 없습니다. 다만 그 전당포는 보통의 사람들은 접근할 수 없고 심지어 발견할 수도 없는 특수한 전당포라는 점, 그리고 김병완 씨는 '지난 생에 저지른 죄'에 관한 처벌의 일환으로 그곳에 있다는 점 정도만 알아두시면 되겠습니다. 부디 문을 열고 들어온 고객들의 이야기를 잘 경청하시기를. 그러면 차차 알게 되는 것도 있을 테니까요."

"그게 무슨⋯."

건너편의 남자는 그렇게 말하고는, 병완의 말을 듣지

도 않고 무심하게 전화를 끊어버렸다. 병완은 조금 전까지의 혼란이 해소되기는커녕 더 강하게 자신을 괴롭히는 것을 느끼며 머리를 쥐어뜯었다. 뭔가 잘못돼도 단단히 잘못됐다고 생각했다.

그때 누군가가 문을 열고 들어왔다. 처음 보는 사람의 얼굴이었다. 병완은 그의 정체를 알 수 없었지만, 그래도 조금 전에 안내받은 사항들이 기억이 나서 가까스로 그에게 인사를 건넸다. 스스로도 알지도 못하는 손님에게 인사를 건네고 있는 그가 웃겼다.

"어서 오세요…."

손님이 마찬가지로 그에게 인사를 건네곤 조심스레 입을 열었다.

"여기가 그…. 정말로 보고 싶은 장면이나 만나고 싶은 사람을 보여주는 전당포인가요?"

그렇게 시작된 거였다. 그의 전당포 생활은.

"그래. 그게 시작이었어. 나도 아무것도 모르는 사람인데 갑자기 손님을 받으라고 하다니."

하루를 마치고 별안간 생각에 잠겨 그때를 회상하던 병완이 고개를 가로젓고 얼른 침대에 누웠다. 늦지 않게 잠자리에 들어야 또 내일의 파견지에 가서 내일의 손님을 받을 수 있을 테니. 이불을 턱 바로 아래까지 올려 덮고는 양을 한 마리씩 세기 시작했다. 그가 아주 어렸던 그 시절에 그가 살았던 동네에서는, 양 대신 늑대를 세기도 했었다. 하지만 그 동네를 제외한 다른 모든 곳의 사람들은 양의 숫자만을 세더군. 지금 생각해봐도 이상한 동네였어. 병완은 서서히 잠기운에 취하기 시작했다.

꿈을 꿨다. 그리고 그 꿈은 앞서 꾼 '그 한 사람만 없는 꿈'이 아니었다.

처음에는 주변 풍경도 공기의 느낌도 비슷했기에 전

과 같은 그 꿈이라고 생각했다. 또 그 꿈이구나. 다른 모든 물건과 다른 모든 사람은 다 있는데 정작 그가 바라는 한 사람, 주란만은 나타나지 않는 꿈. 하지만 그 꿈은 꿈인데도 생각은 뚜렷했고 팔과 다리는 그의 의지대로 움직이고 있었다. 병완은 그와는 관계없는 사물과 사람들이 뒤섞여 그의 추변으로 스쳐 가는 것을 가만히 보고만 있었다. 이렇게 허무하고 의미 없는 시간이 다 지나가고 나면 언젠가는 잠에서 깰 테니. 꿈에서라도 기운 빼지 말자고 생각하고 그저 그 자리에 서 있기만 했다.

하지만 어떻게 된 일일까. 그의 몸이 일순 두둥실 떠오르더니 그의 시점이 점점 위에서 아래를 바라보는 구도로 고정되기 시작했다. 뭘까. 그래도 꿈은 꿈이라고 가끔 이렇게 특이한 일이 일어나기는 하는 걸까. 시선을 아래로 옮겨 자신의 몸을 내려다본다. 하지만 거기엔 그의 팔도 손도 몸통조차도 없었다. 마치 그의 존재가 통째로 하나의 거대한 눈알이라도 된 것처럼, 마땅히 그를 이루고 있어야 할 몸이 보이지 않았다.

그 수상한 시점은 점점 더 높은 곳으로 올라가더니, 이내 수많은 사람들을 한 번에 내려다볼 수 있을 만큼 높은 곳까지 다다랐다. 사람들이 개미처럼 작게 이곳저곳을 오가고 그들만의 흐름과 덩어리 집단을 만들면서 먹고 말하고 사랑하고 움직이고 있었다.

사람은 참 많기도 하구나, 그렇게 혼자 속삭이는데, 돌연 어떤 사람 한 명에게 시선이 집중되기 시작했다.

바로 알아볼 수 있었다. 주란이었다.

단 한 번도 꿈에 나타나 주지 않았던 주란이 거기에 있었다. 그녀는 꼭 아주 오래전부터 그곳에 있었던 사람처럼 자연스럽게 그곳에 섞여 있었고 사람들과 이야기를 나누고 있었다. 분주하게 어딘가를 향해 걷고 있었다. 방향이 헷갈리는지 갈림길에 서서 주변을 두리번거리고 있었다. 다시금 지나가는 사람을 붙잡고 무언가를 묻고 있었다. 너무도 멀리에 있어서 무슨 말을 하고 있는지 어디로 향하고 있는지는 알 수 없었지만, 어딘가 가야 할 곳이 있다는 것만큼은 몸짓만 봐도 알 수 있었다.

도무지 그 출처와 정체를 알 수 없는 꿈이었지만, 병완은 높은 곳에서 그녀를 내려다보고 있는 것만으로도 좋기만 했다. 꿈에서라도 그녀를 만난 것이 참 오랜만이어서 그저 넋을 놓고 그녀를 바라보기만 했다. 그래. 저렇게 생긴 사람이었지. 저런 표정이 예쁜 사람이었고 저런 옷이 잘 어울리는 사람이었지….

그렇게 시간 가는 줄 모르고 그녀의 걷는 모습을 구경하다가 잠에서 깨어났다. 깨고 나서도 여운은 계속됐다. 마음이 좀처럼 원래대로 돌아오지 않았다. 그저 감사할 뿐이었다. 만나서 이야기를 나누진 못했지만, 그래도 꿈에 나와주었다는 것만으로도 뜻깊고 기쁘기만 했다.

"얼마나 세월이 많이 흘렀는데 얼굴을 그렇게 또렷이 그려내고. 내가 많이 보고 싶긴 한가 보다."

병완은 그렇게 혼잣말하곤 서서히 침대에서 몸을 일

으켰다.

　주책이었다. 떠나보낸 지가 언젠데 아직까지도 그녀를 그리워하다니.

2장

그 시절이 우리를 응원하고 있어

*

　장례식장을 몇 번 드나들어 본 사람은 알겠지만, 장
례식장이라는 장소는 의외로 조용한 쪽에 가까운 장소
였다.

　까만 옷을 입은 조문객들이 간간이 드나든다. 그들은
나름의 조의를 표하곤 다시금 그곳을 나선다. 장소가 장
소인지라 크게 웃고 떠드는 사람은 없지만, 오랜만에 마
주한 사람과는 그간의 근황과 오래전의 추억에 관해 조
곤조곤 떠들었다. 고인과 생전에 함께했던 것들, 고인이
우리에게 남기고 간 고맙고 좋은 것들에 관해 이야기하
기도 했다.

하지만 아주 가끔 식장 안에 소란스러운 울음소리가 울려 퍼질 때가 있었는데, 바로 노인의 죽음이 아닌 젊은 사람의 죽음을 맞이할 때가 그랬다. 살날이 훨씬 많을 줄로만 알았던 사람의 죽음은 모두를 소리 내어 울게 만들었다. 영정 안에 있는 얼굴은 당장이라도 다시 태어날 것처럼 생기가 넘치는데 이제는 그 사람이 없단다. 다시 돌아오지 않는단다. 가는 데에는 순서가 없다지만, 부모보다 또 동생보다도 더 먼저 떠나버렸단다. 그 낯설 정도로 크고 강한 슬픔 앞에서 사람들은 통곡할 수밖에는 없었다.

순호 역시 소리 내서 우는 사람이었다. 젊은 사람의 죽음이었으니 주변에는 순호 말고도 젊은 사람이 많았고 순호는 그들과 함께 우는 일밖에는 할 수 없었다. 그곳에서 환하게 웃는 사람은 영정 속 정빈뿐이었다.

"뭘 잘했다고 웃냐."

순호가 물었지만 정빈은 대답이 없다.

"뭘 잘했다고 웃냐고. 이 나쁜 놈아."

그렇게 말하며 액자를 노려보는데, 돌아오는 것은 정빈의 대답이 아닌 어떤 울림이었다. 순호가 주머니에서 핸드폰을 꺼내 그것을 내려다보았다. 거래처 담당자의 번호가 띄워져 있었다.

평소였다면 기겁을 하며 얼른 그것을 받았겠지만, 오늘만큼은 그럴 수 없었다. 그러기 싫었다. 다만 헛웃음만 나왔다. 이 시간에, 이렇게나 아무렇지도 않게 전화를 걸어오다니. 사람들로부터 얼마나 많은 사랑을 받아왔건 자시건, 세상은 이만큼이나 한 사람의 죽음 앞에서 무심하구나. 그런 생각이 순호의 머리 주변을 맴돌았다. 어쩌겠어. 세상살이가 그런가 보지. 순호는 한숨을 한 번 더 푹 쉬고는 전화를 받았다.

"여보세요. 정순호입니다."

*

"여보세요. 정순호입니다."

"네, 알겠습니다. 그렇게 도와드릴게요. 감사합니다. 네."

통화 종료 버튼을 누르곤 휴대전화를 책상 위에 아무렇게나 던져둔다. 오늘 순호가 출근하고 나서 정확히 열 번째 받는 전화였다. 아직 채 열두 시도 넘기지 않았는데.

분명 그 단어들은 감사와 다정의 의미가 담긴 것들이지만 절대 그렇게 다가오지 않는 사무적이거나 무기력한 말투. 퀭한 눈. 느릿느릿 걷는 걸음. 그런 모습들은 회사와 회사원을 다루는 영화나 드라마에서만 볼 수 있는 것들인 줄로만 알았지, 순호 본인의 모습이 되리라고는 한 번도 생각해 본 적 없었다. 이 생활이 벌써 일 년 동안 계속됐다는 게 믿기지 않았다. 집과 회사만 드나들며 정신없이 지내다 보니 시간이 흐르는 것이 아이들 소꿉장난처럼 느껴졌다.

때로는 퇴근해서 집에 갈 수 있는 것만으로도 감지덕지라는 생각마저 들었다. 업무의 특성상 바쁜 일을 몰아서 처리해야 하는 시기에는 집은커녕 책상을 벗어나기도 힘들었다. 다른 직원들도 야근이 이렇게 계속될 바엔 집을 드나들기보단 차라리 회사에서 며칠 먹고 자는 쪽을 선택했다. 그러다 보니 사무실에는 시도 때도 없이 음식을 배달하는 배달원이 얼굴을 비추기도 했다.

"아, 내가 이래서 늙어. 자극적인 것만 먹다 보니까 얼굴에 자꾸 독소가 쌓이기만 하잖아요."

"대리님은 그래도 기본적으로 피부가 좋잖아요. 저는 애초에 나빴었는데 더 나빠져서 큰일이에요."

순호와 그의 상사인 김 대리가 다소 애잔한 농담을 주고받고 있을 때, 김 대리의 동기이자 순호의 또 다른 상사이기도 한 문 대리가 순호를 향해 중지와 엄지를 튕겨 딱딱 소리를 냈다. 순호가 문 대리 쪽을 바라보자 문 대리는 딱딱 소리를 내던 손을 까딱까딱 움직여 그에게 '이리 와봐'라는 무언의 말을 건넸다. 순호는 그를 보곤 고개를 끄덕이고 작게 한숨을 쉬었다. 또 시작이구나.

"또 시작이냐. 그만 좀 괴롭혀라."

"뭘? 신경 쓰지 말고 일이나 해."

김 대리와 문 대리가 작게 말싸움을 벌였고 순호는 애써 웃음을 유지하며 문 대리가 있는 쪽으로 종종걸음으로 향했다. 문 대리는 순호에게 어깨동무를 하곤 그를 사무실 바깥 테라스로 데리고 나갔다.

"무슨 일이세요, 대리님?"

"정 주임 누가 그렇게 눈에 띄게 일하래요?"

"네?"

"이번 사내 공모전 건 말이에요. 대충 보고서로 한두

장 작성하면 될 걸 왜 그렇게까지 열심히 해서 다른 참가자들한테 피해를 주냐고요. 무슨 일러스트에 피피티에. 순호 씨 말고는 다 회사에 대한 애정이 없냐는 말을 우리가 왜 들어야 하는데?"

"아. 그건…."

얼마 전에 회사의 새로운 마스코트와 관련해서 직원들을 대상으로 이름과 디자인 공모전을 했던 것을 걸고 넘어지는 모양이었다. 무언가 새로운 아이디어를 떠올리고 그것으로부터 생각을 키워가는 것, 귀엽고도 멋진 것을 기획하는 일은 순호가 무엇보다도 즐겁게 여기는 일이기에 열심히 했을 뿐인데, 그러다 보니 다른 공모작 속에서 확연하게 두각을 드러낸 것. 그리고 그 여파로 다른 직원들이 간부들로부터 꾸짖음 아닌 꾸짖음을 듣게 된 것이 화근이었다.

"입상한 건 축하하는데. 누구는 뭐 일머리가 없어서 그렇게 안 하는 줄 알아요? 제발 시키는 것만 잘합시다. 시키는 것만. 그리고 이런 공모전 할 때 말고 평소에 좀. 네?"

"네. 죄송했습니다. 잘하겠습니다."

대체 여기서 뭘 더 얼마나 잘해야 하는지는 모르겠지만, 일단 그렇게 말하며 고개를 숙였다. 문 대리는 그제야 좀 만족스러워졌는지 혀를 쯧쯧 차며 담배에 불을 붙였다. 담배를 피우지 않는 순호는 그의 옆에 멀뚱히 서서 그가 담배를 다 피울 때까지 그의 일장 연설을 얼마간 더 들어야 했다.

오늘은 최 부장이 기분이 좋았는지 업무들이 순조롭게 흘러갔다. 그런 흐름대로라면 무리 없이 정시에 퇴근할 수 있을 거라고 순호는 생각했다. 그러면 오늘에야말로 밀린 집안일을 해야지. 벼르고 벼르던 드라마를 오늘은 반드시 몰아서 봐야지. 그래. 기분이다. 오랜만에 치킨도 배달시켜서 먹어야겠다. 그렇게 생각하는데. 저쪽 끝에 앉아서 핸드폰을 내려다보고 있던 최 부장이 별안간에 자리에서 일어서서 직원들을 향해 말하는 것이었다.

"사실 오늘 업무를 일찍 마무리하는 건, 오랜만에 부서 회식이나 할까 해서. 다들 괜찮지?"

다들 괜찮아? 가 아니라, 괜찮지? 라고 물어오면 과연 누가 괜찮지 않다고 말할 수 있을까. 하지만 순호를 비롯한 말단 사원들은 할 수 있는 다른 말이 없었다. 그저 너무 좋다고만 대답할 뿐.

회사 주변 냉동 삼겹살집에서 시작된 회식은 밤 열 시쯤 마무리 지어졌다. 최 부장도 문 대리도 주량이라면 자신이 있어서 평소대로라면 밤 열두 시가 넘어서까지 이어질 수도 있겠지만, 오늘의 회식은 그렇게까지 뜨거워지지는 않았다. 바로 순호 때문이었다. 술을 평소보다도 더 빠르고 많이 마신 순호가 테이블 위에 고꾸라져서는, 술주정으로 '집에 가고 싶어요'라는 말을 한 번도 아니고 열 번 스무 번을 반복했기 때문에 분위기가 급속도로 식어버렸기 때문이었다.

정신을 차렸을 때, 순호는 삼겹살집으로부터 한참 떨

어진 공원 벤치에 앉아 있었다. 이게 뭐야. 무슨 정신으로 여기까지 걸어온 거야? 아니 그것보다도 회식이 언제 어떻게 끝난 거야? 나 뭐 실수했나? 그렇게 순호가 혼란스러워하고 있는데 마침 울리는 핸드폰. 문 대리가 보내온 메시지였다.

'오늘 회식 때 일은 내일 이야기합시다.'

망했다. 그의 메시지를 읽고 나서야 자기가 저지른 일들이 떠오르는 거였다. 하필 하고 많은 말 중에 집에 가고 싶다는 말을 하냐. 그것도 몇 번이나. 내일 출근 어떻게 하지. 뭐라고 사과하고 또 얼마나 혼나야 하는 걸까. 가만히만 있어도 입으로 한숨이 몇 번이고 토해져 나왔다. 그냥 내일 퇴사를 해버릴까? 그건 안 되지. 어떻게 들어온 회산데.

일단은 좀 걸어야 했다. 가만히 있으니 머리가 점점 더 아파져 오는 것 같았고 밤이 깊을수록 공기가 차가워지고 있어서 이대로라면 백 퍼센트 확률로 감기에 걸릴

것임을 직감했기 때문이다. 여기가 어디더라. 큰 길가로
나가려면 어느 방향이었지. 모르겠다. 일단 조금 걷자.

"아. 재미없다. 원래 술 마시고 취하는 일은 재밌는 일
이었는데."

어디로 가야 하는지도 알지 못하는 채로 정처 없이 걷
던 순호가 혼잣말했다. 이미 밤은 깊어서 그곳에 순호의
말을 듣는 사람은 없었다.

그래. 정말. 술을 마시고 취하는 일, 밤이 깊도록 밤거
리를 휘젓고 다니는 일은 원래 순호에게 더없이 재밌는
일이었다. 스무 살을 갓 넘겼을 무렵부터 취업 전선에 뛰
어들기 전인 이십 대 초중반 정도까지의 시간. 그 시절의
순호는 매일같이 친구들과 동네 곳곳을 들쑤시며 시도
때도 없이 웃곤 했었다. 친구들은 많기도 많았지만, 그중
에서도 고등학교와 대학교를 같이 나온 정빈과 가장 자
주 또 깊이 어울렸었다.

청춘, 이라는 단어를 발음하면 순호는 예나 지금이나 정빈의 얼굴부터 떠올렸다. 정빈은 지방에서 올라온 순호가 도시 생활에 적응하지 못할 때 가장 먼저 그에게 말을 걸어준 친구였다. 어릴 적부터 거칠게 살아온 애들이 순호에게 시비를 걸어와도 '나중에 이거 선생님한테 걸리면 큰일 난다'며 애써 웃으며 그를 지켜준 것도 정빈이었다.

정빈은 순호와 마찬가지로 집이 부유한 학생은 아니었지만, 인격적으로 훌륭한 부모 아래에서 자라온 덕분에 학급에서 그를 싫어하는 학생이 단 한 명도 없을 정도로 마음에 여유가 가득한 학생이었다. 순호는 처음에 그의 그러한 티 없이 맑고 밝은 성정이 괜히 마음에 들지 않아서, 그러니까 자신과 비슷하게 가난한 주제에 자신과는 다른 것들을 갖고 있는 것이 불만스러워서 정빈의 순수한 호의를 밀어내기도 했었다.

하지만 시험 기간이 한창이었던 어느 날 밤, 늦게까지 독서실에서 공부를 하다 나온 순호가 태연하게 동네 공원 농구장에서 공놀이를 하고 있는 정빈을 우연히 본 날, 순호는 비로소 느리게나마 정빈을 향해 마음을 열기 시작했다.

"쟤는 시험공부 같은 것도 안 하나. 그래도 꽤 등수도 높던데."

순호는 한심함과 의아함이 뒤섞인 한숨을 뱉으며 정빈으로부터 시선을 거두고 다시금 집 방향으로 걷기 시작했다. 그때 농구 코트 쪽에서 목소리가 들려왔다.

"야. 왜 사람을 봐놓고 아는 척을 안 해."

뭐야. 날 봤나? 순호는 조금 곤란한 기분이 되어 마지못해 손을 들어 작게 흔들었다. 그때 갑자기 그런 순호를 향해 농구공이 빠르게 날아왔다. 순호는 놀란 나머지 공을 제대로 받지 못하고 겨우겨우 손으로 튕겨내기만 했다. 공은 날아온 방향의 반대쪽 어두운 구석을 향해 힘없이 굴러갔다. 에이씨. 짜증 나게. 순호는 공을 줍기 위해 천천히 공이 굴러간 방향으로 걸어갔다. 등 뒤에서 정빈의 목소리가 들려왔다.

"미안. 난 당연히 받을 수 있을 줄 알고. 너 운동 꽤 못한다."

못하긴 누가 못해? 생각지도 못한 타이밍에 공을 던지니까 그렇지. 순호는 공을 집어들고는 정빈이 있는 쪽을 쏘아봤다. 하지만 정빈은 그런 순호의 심기를 알아채지 못한 건지 아니면 알고도 모르는 척하는 건지. 아까와 같은 실실 웃는 표정 그대로였다. 순호가 정빈을 향해 다시금 공을 던져주었다. 너 혼자 많이 놀아라. 라는 의미를 담아서 조금은 신경질적으로. 그리곤 다시 집을 향해 가려는데 공이 다시 날아오는 게 아닌가. 다행히 이번엔 공을 제대로 잡아낸 순호가 물었다.

"뭐야?"

"뭐긴 뭐야. 잠깐만 놀다 가라고. 어차피 집 가는 길 아니었나?"

"집 가서 자야 해. 시험 기간이잖아."

그렇게 말하며 다시금 공을 던졌더니 이번엔 전보다 더 빠르게 공이 되돌아온다. 공부는 지금까지 했잖아? 그렇게 빡빡하게 공부하면 얼마 못 가서 성적 바로 떨어진다. 정빈의 말이 어딘지 모르게 마음에 들지 않았던 순호는 더 신경질적으로 공을 던졌다.

"가만 보면 자꾸 사람을 가르치려 든다, 너."

"내가 언제? 그냥 같이 놀자고 한 말이야."

그래. 한번 놀아준다 내가. 이대로 가다간 절대 집에 안 보내줄 것만 같아서 순호는 가방을 내려두고 코트 쪽으로 향했다. 전학해 오기 전에는 교내 농구 동아리에서 핵심 멤버로도 뛰었던 순호였다.

어느새 정빈의 얼굴이 땀으로 엉망이 되어 있다. 그리고 순호는 그에 반해 거의 말끔한 얼굴이다. 끽해야 친구들과 점심시간에만 공을 튕겼던 정빈은 부 활동까지 했던 순호의 상대가 될 순 없었다. 정빈이 가쁜 숨을 몰아쉬며 순호에게 말했다.

"뭐야. 이렇게 잘하면서 왜 안 한다 그랬어."

"그냥 귀찮아서. 그리고 몇 번이나 말하지만 시험 기간이잖아."

"그래도 그렇지. 뭘 그렇게까지 열심히. 보니까 성적도 꽤 괜찮던데. 열심히 하는 것도 좋지만 이렇게 하루 중 한두 시간은 구멍을 내놓을 필요도 있어. 안 그러면 숨 막혀서 못 산다."

속 편한 소리군. 순호는 속으로 생각하며 다시 자기 가방을 주워들었다. 이제 정말 가보지 않으면 안 될 것 같았다. 정빈이 혼자 떠드는 게 지치지도 않는지 순호의 뒤통수에 대고 말했다.

"내일도 여기서 이쯤 보자."

"누구 마음대로."

순호는 그의 말을 무시하곤 집으로 갔지만, 정말 정빈
이 내일도 이곳에서 자신을 기다리고 있을지가 벌써부
터 궁금해지는 거였다.

정빈은 정말 다음 날에도 농구 코트에서 순호를 기다
리고 있었다. 순호는 이번에는 순순히 정빈이 던지는 공
을 받아 그와 얼마간 공놀이를 했다. 그렇게 공놀이를 하
고 나면 땀은 땀대로 났지만 어딘지 모르게 마음 한구석
이 개운해지는 느낌이었다.

다음 날 순호가 교실 문을 열었을 때, 교실 안에는 어
수선한 분위기가 풍기고 있었다. 꼭 주인이 없을 때만 살
아 움직이는 장난감들이 나오는 어떤 영화의 한 장면처

럼, 조금 전까지는 소란스럽게 떠들고 있었던 아이들이 순호의 등장과 함께 한 번에 입을 다문 듯한 느낌이었다.

뭘까 이건. 기분 탓일까. 그렇게 생각하며 책상 위에 가방을 내려두는데, 인사 한번 제대로 나눠보지 못한 반장이 그를 향해 다가오기 시작했다.

"너 후문 쪽에 있는 독서실 다니지?"

순호는 그렇다고 대답하기에도 어딘지 모르게 어색해서, 작게 고개만 한 번 끄덕이고 말았다. 그건 갑자기 왜 물어보는 걸까. 생각해 보니 독서실을 드나들다가 이 얼굴을 본 적이 있었던 것 같기도 한데. 얘도 그 독서실에 다니는 건가? 갑자기 친한 척이라도 하려는 건가? 그렇게 이리저리 눈을 굴리며 생각을 이어가고 있는데, 반장이 피식 웃으며 한마디를 더 던져왔다.

"혹시 거기서 내 지갑 못 봤어? 비싸게 생긴 거."

무슨 말을 하려는 걸까. 애초에 난 네 지갑이 어떻게 생겼는지도 모르는데. 또 비싸게 생긴 건 뭐고. 아무튼 그게 어떻게 생긴 지갑이든 순호는 어제와 오늘 자신의 것이 아닌 지갑을 본 적이 없었으므로 고개를 가로저을 수밖엔 없었다.

"본 적 없어."

"그래? 본 적 없어?"

반장이 헤실헤실 웃으며 그에게 되물었다. 순호는 다시 한번 그렇다고, 본 적 없다고 대답했다. 그 웃음은 조금은 기분 나쁜 웃음이었다.

"이상하다. 아무리 생각해 봐도 어젯밤에 나랑 동선이 겹쳤던 사람은 너 말고는 아무도 없어서 물어본 건데. 혹시라도 내 지갑을 주워주기라도 했나 싶어서 물어봤지."

아. 그렇구나. 애는 지금 나를 의심하고 있는 거구나.

일순간에 얼굴이 빨갛게 물들기 시작했다. 창피함과 분노가 무서울 정도로 뒤섞여서 들끓고 있었다. 지금 나를 의심하기라도 하는 거냐고 순호가 물으려는데, 반장이 선수를 쳐서 한마디를 덧붙였다.

"난 그 지갑 없어도 돼. 그 안에 있는 돈도. 다시 사달라고 하면 그만이야. 그래도 가난하기 짝이 없는 쥐새끼들은 잡아 죽이고 싶어서 물어본 거야. 우리 반에도 몇몇 있거든. 아니라면 됐다. 근데 얼굴이 왜 그렇게 빨개져 있어?"

주변에 있는 몇몇 아이들이 호응이라도 하듯 작게 웃기 시작했다. 이건 절대 참아서는 안 된다. 그렇게 생각하며 순호가 그를 향해 성큼성큼 다가가려는데, 옆에서 누군가가 튀어나와 순호보다 먼저 그를 덮쳐버리는 것이었다.

정빈이 무서운 기세로 그의 멱살을 붙잡고는 그에게 주먹을 퍼붓기 시작했다. 주변 학우들이 그를 뜯어말리기 전까지 못해도 열 번이 넘는 주먹질이 반장의 얼굴 위에 직격했다.

이게 뭘까. 왜 내가 아니라 쟤가 더 불같이 화를 내고 있는 걸까. 왜 쟤가 대신 주먹질을 하고 있을까. 순호는 멍한 얼굴로 그 광경을 지켜보기만 했다. 어느새 터져버릴 것처럼 뜨거웠던 얼굴은 맥없이 식어버린 뒤였다.

한바탕 소동이 지나가고 학교 수업도 모두 끝난 뒤, 학교에는 반장의 부모와 정빈의 부모가 모두 찾아왔고, 정빈은 텅 빈 교실에 아무렇게나 앉아서 창밖을 바라보고만 있었다. 순호 역시 그 난리에 엮여 있었으므로 어정쩡한 자세로 교실에 앉아 있었다.

당장이라도 기절할 것처럼 교실은 어색하고 또 조용했지만, 무슨 말이라도 해야만 했다. 그 말을 하지 않으면 앞으로 똑바로 얼굴을 들고 다니지 못할 것 같았다.

"고맙다."

창밖을 보고 있던 정빈이 그를 향해 고개를 돌렸다.

"뭐가?"

"대신 화내줘서. 근데 왜 그런 거야?"

"그냥. 열 받잖아. 우리 집도 돈 없거든. 가끔 그런 말을 아무렇지도 않게 해서 재수 없던 참이었는데 잘 됐지 뭐."

"그래도 혼났잖아. 괜히 나 때문에 부모님까지 불러 오시고."

정빈이 한결 누그러진 표정으로 순호를 향해 웃어 보였다. 그리고 대답했다.

"괜찮아 인마. 우리 부모님이라면 내가 그런 말을 듣고 가만히 있는 걸 더 못 참으셨을 거야. 어디에 가서 뭘 하면서 지내든, 정말로 중요한 게 뭔지를 늘 생각하라고 하셨거든."

"정말로 중요한 게 뭔지를 늘 생각해라."

"응. 그리고 아까는 그게 너와 함께 화내 주는 일이었어. 그게 나한테는 무엇보다 중요한 일이었어."

"아무튼… 고마워. 다음에 꼭 갚을게."

"고마우면 가끔 같이 농구나 해. 오늘은 집에 가서 혼나야 하니까 내일부터."

정빈은 그렇게 말하곤 다시 창밖을 바라봤다. 해가 지고 있었다. 순호는 알겠다고 대답하고는 그를 따라 창밖을 봤다. 아름다운 석양이었다.

그 뒤로도 정빈과 순호는 그렇게 고등학교 내내 저녁마다 함께 공놀이를 했고, 내킨다면 편의점으로 가서 야식을 먹기도 했다. 방학이면 없는 시간을 만들어서라도 계곡에 놀러 갔고, 그 과정에서 순호도 정빈의 친구들과 친해질 수 있었다.

정빈과 순호는 나란히 같은 대학으로 진학할 수 있었다. 두 사람 모두 친구들과 청춘을 지내는 와중에도 공부를 게을리하지 않은 덕에 좋은 학교에 갈 수 있었다. 그리고 순호는 생각했다. 물론 자신이 열심히 공부한 덕도 있었지만, 몸과 마음이 지치지 않도록 정빈이 옆에서 챙겨준 덕도 무시할 수가 없다고.

애초에 살아온 배경과 취향도 닮은 데다가 학교까지 같았으므로 두 사람은 성인이 되고 나서도 둘도 없는 친구로 지낼 수 있었다. 기타 연주 동아리 활동도 함께할 수 있었고 각자의 여자 친구들과 함께 방학마다 여행을 떠나기도 했다.

그리고 그 추억 중 상당수를 차지하는 게 바로 술이었다. 술은 두 사람 사이에 끊임없는 대화와 추억거리를 만들어주었다. 학교 공부와 자격증 공부, 아르바이트로 눈코 뜰 새 없이 바쁜 와중에도 주말에 가장 친한 친구를 만나 한잔할 생각을 하면 스트레스가 미리 싹 가시는 것만 같았다.

하지만 그토록 좋아했던 술자리가 재미없어진 이유, 그리고 오늘 밤 실수를 할 정도로 자신의 마시는 속도를 맞추지 못했던 이유는, 정빈이 작별인사를 나눌 여유도 없이 갑작스럽게 떠나갔기 때문이었다. 그것도 하루아침에.

정빈의 부고 소식은 정말 하루아침에 날아왔다. 학창 시절부터 운동도 착실히 해왔고 가족력도 없었으므로 웬만해선 감기도 잘 안 걸리는 그였다. 그러므로 순호는 그의 죽음을 받아들이기 힘들었다. 몸도 마음도 멀쩡했던 녀석이 여느 때처럼 침대에 누워 잠을 청했는데 다음 날 끝내 눈을 뜨지 못하게 됐다니. 그만큼이나 개연성도 설득력도 없는 죽음이 어디에 있단 말인가. 물론 마지막 한두 달 정도는 회사 일이 바빠서 당분간은 만나지 못할 것 같다는 말을 전해왔지만, 바쁜 건 순호 역시 마찬가지였으므로 대수롭지 않게 생각했었는데. 그런데 죽음이라니. 그렇다고 죽어버리다니.

더없이 무거운 마음으로 정빈의 부모를 찾아뵈었을

때, 그제야 순호는 세상을 떠나기 직전 정빈의 나날에 관해 알게 되었다. 안 그래도 업무 강도가 지독하기로 유명한 회사였는데, 엎친 데 덮친 격으로 악랄한 사수를 만나 한참을 고생했다고 했다. 처음 몇 주는 '젊으니까 괜찮아'라고 웃으며 말했지만, 그 뒤로는 얼굴에서 웃음기도 사라지고 비틀대는 날이 잦아졌다고 했다. 그렇게 하루 네 시간도 채 자지 못하는 날이 이어지다가 결국, 정빈은 침대에서 눈을 뜨지 못하게 된 것이었다.

웃기고도 슬픈 일이었다. 인생에서 가장 가깝게 지내던 친구를 잃었는데, 자기 역시 그 친구가 세상을 떠나기 전과 마찬가지로 잔혹한 나날을 보내고 있다는 게. 친구의 삶과 비슷한 삶을 살고 있으면서도 그를 챙겨주지 못했다는 게. 끝내 그가 세상을 떠날 때까지 자기 앞가림에만 급급했다는 게. 도대체 우리는 무엇을 위해 이토록 바쁘게 사는 걸까? 무엇을 위하지 않으면 안 되는 걸까? 정빈아. 나도 이제는 모르겠다. 너는 이제 답을 알고 있을까?

돌연 끔찍한 두통이 몰려왔다. 즐겨 마시지도 않던 폭탄주를 내리 들이켰던 여파가 이제야 자신을 덮쳐오는 모양이었다. 눈앞이 일렁일 정도로 격한 통증이었다. 그리고 그 앞에는 어떤 사람의 뒷모습이 있다. 그 뒷모습은 체격이 아주 크지도 작지도 않은, 적당히 균형 잡힌 뒷모습이었다. 그리고 순호는 그 뒷모습의 주인을 아주 잘 알고 있었다.

"정빈이?"

그림자에 가까울 정도로 어두운 뒷모습이 멈칫, 걸음을 멈춘다.

"정빈이냐? 나 힘들다. 집이 어느 방향인지도 모르겠다."

뒷모습이 자신을 향해 뒤를 돌아봤다. 그리고 낯선 목소리로 대답했다.

"뭐라는 거야?"

"아이고. 아니구나. 미안합니다."

　하긴 그렇지. 저 뒷모습을 똑 닮은 정빈이라는 사람은 이제 이 세상엔 없는 사람이었다. 다만 술기운이 너무 올라 말이 헛나왔을 뿐이었다. 그래. 너라면 이미 나를 부축해 주고 있었겠지. 보고 싶다. 정빈아.

　그래도 한 방향으로 터덜터덜 걷다 보니 큰 길가가 나오기는 나왔다. 이대로 쭉 걷다 보면 역이 나오든 버스가 지나가든, 하다못해 택시가 지나가기라도 할 것이었다. 조금이라도 일찍 집에 들어가야 조금이라도 더 잘수 있을 텐데. 근데 여긴 왜 이렇게 차 한 대도 안 다니는 거야?

　결국 십 분이 넘도록 걷는데도 버스나 택시는커녕 승용차 한 대도 보지 못했다. 시간이 그렇게까지 늦었나 싶어 핸드폰을 내려다보니 시간은 밤 열두 시였다. 그래도 아직 차 몇 대쯤은 지나갈 땐데.

나아지는 건 없고 응원해 주는 사람도 없고. 사는 게 사는 게 아니구나. 순호는 별안간에 마음에 드는 게 하나도 없어서, 마음처럼 되는 일이 하나도 없어서 화가 솟구쳤다. 베개라도 눈앞에 있다면 막 두드려 패고 싶은데. 빈 깡통 같은 거라도 있으면 확 걷어차 버리기라도 할 텐데 하필 거리는 어이없을 정도로 깨끗했다.

화가 갑자기 치밀어올라서였을까. 갑자기 숨이 턱턱 막히기 시작했다. 무언가를 마시고 싶었다. 못 마신다면 앉아서 쉬어갈 곳이라도 필요했다. 어쩌지. 주변에 편의점은 없나. 하다못해 앉아서 쉴 만한 곳이라도. 그렇게 주변을 둘러보는데 저 앞 건물 일 층에 불 켜진 곳이 있었다. 다른 곳은 온통 깜깜한 와중에 그곳에만 불이 들어와 있었다. 어딘진 몰라도, 그러니까 편의점 같은 곳이 아니더라도 물 한 잔만 달라고 하자. 순호는 지독한 두통과 파묻히는 듯한 답답함을 애써 이끌고 그 불이 환하게 밝혀진 곳을 향해 걸었다. 그리고 다다른 곳에 걸려 있는 간판은.

시간을 잇는 전당포.

"뭐야? 전당포? 아직도 전당포가 있어?"

뭐 물론 지방 도시나 현금이 많이 오가거나 수상한 사람들이 들끓는 동네에서는 아직도 전당포가 군데군데 있다고 했지만, 순호가 서 있는 곳은 자세한 위치는 모른다고 해도 그런 곳은 아니었다. 서울특별시. 그것도 회사 건물들이 빽빽하게 들어차 있는 빌딩 숲 한가운데였다. 그런데 이런 곳에 이렇게 낡은 전당포라니.

정말 이상했다. 간판도 문의 만듦새도 다 허름한 이 전당포가 위치한 건물은 지어진 지 얼마 안 된 빌딩이었다. 아무리 오래되어 봤자 오 년도 채 안 되었을 새 건물 일 층에 이렇게까지 낡은 전당포가 있는 게 말이 되나? 꼭 덩그러니 놓여 있는 전당포의 사방으로 콘크리트와 벽돌을 덧발라 새 빌딩을 '덮어쓴' 느낌이 들 정도로 그곳은 위화감을 뿜어대고 있었다.

들어가도 되는 건가?

수상한 점이 한두 가지가 아닌 이곳의 문을 열고 들어가도 되는 걸까? 물이라도 한잔 얻어 마시겠다고 말하면, 그 안에 도사리고 있던 수상하고 무서운 누군가가 내게 해를 가하진 않을까?

"그래서 뭐. 죽기밖에 더 해?"

술기운 때문이었을까. 순호는 아주 잠깐 자신을 스친 두려움을 무시하고 과감하게 그곳의 문을 열었다. 불만 밝혀놓고 문은 잠겨져 있지 않을까 걱정했지만 문은 어이없을 정도로 쉽게 열어젖혀졌다.

열린 문 안에는 걱정했던 게 무안해질 만큼 정겨운 정경이 펼쳐지고 있었다. 세월의 흐름을 옷처럼 입은 오래된 물건들과 따뜻한 주황색 조명들이 곳곳에 있었다. 그리고 그것들의 한가운데로 나이가 다소 들어 보이는 남자 한 명이 앉아 있었다. 다행이다. 사람이 있었네.

"안녕하세요."

분노일까 황당함일까, 남자는 알 수 없는 표정을 짓고 있었다. 무안해진 순호는 남자에게 한 번 더 인사를 건넸다.

"안녕하세요."

남자는 그제야 작게 고개를 숙였다. 그리곤 입을 열어 그에게 물었다.

"무슨 일로?"

"실례지만 선생님. 물 한 잔만 마실 수 있나 해서요."

"물이요? 다른 거 말고 물이 필요해서 여기에?"

순호가 그렇다고 대답하니 그는 기가 찬 듯 작게 웃고는 일어서서 컵에 물 한 잔을 따라 그에게 건넸다. 물의

색이 불그스름한 것으로 보아 차 종류를 우려 차갑게 식혀둔 것 같았다. 순호는 그것을 받아 들고는, 물의 색이고 뭐고를 신경 쓸 겨를도 없이 급하게 그것을 들이켰다. 한번에 잔을 비우고 나니 이제야 좀 살 것 같았다. 순호가 시원한 감탄사를 내뱉자 그를 지켜보던 전당포의 남자가 그에게 물었다.

"원래 이렇게 술을 고약하게 드시나?"

"아니요, 그건 아니고."

"그럼 뭐 오늘 속상한 일이라도 있었어요?"

"음…. 딱히 오늘 속상한 일이 있었다기엔 좀 그렇고요."

그러니 일순 남자의 표정에 무언가가 스쳤다. 정확히는 몰라도 순호에게 전보다는 훨씬 더 많은 흥미를 보이고 있다는 것쯤은 알 수 있었다.

"친구 있으세요?"

"친구요?"

"네. 진짜 친구요."

"글쎄. 난 보시는 것보다도 나이가 훨씬 더 많아서, 이제 친구 같은 거 거의 없어요. 그런데 친구는 왜요? 보아하니 아직 많이 젊어서 친구도 많겠는데?"

"친구. 친구의 기준이 뭔진 몰라도 많다고 하면 많은 것도 같은데. 진정한 친구가 있느냐 없느냐 묻는다면 이젠 잘 모르겠어요. 진정한 친구가 한 명 있었는데, 이제는 없거든요."

전당포의 남자는 그 말을 듣자마자 자연스러운 손동작으로 그에게 의자에 앉기를 권했다. 순호 역시 좀 쉬고 싶었으므로 그를 마다하지 않았다. 순호가 의자에 앉자 남자는 그 의자의 반경을 크게 돌아 건너편에 앉았다. 순호와 남자 사이에는 투명한 아크릴판 칸막이가 놓여 있었다. 누군가와 이런 것을 사이에 두고 앉았던 적이 또 있었던가 싶어 신기한 기분이 들었다.

"친구랑 연이 끊긴 거예요?"

남자가 순호에게 조심스레 물었다. 순호는 그의 말투가 신기하다고 생각했다. 못해도 자기보다 스무 살은 우스울 정도로 나이가 많아 보이는 사람인데, 나를 이렇게까지 조심스레 여길 일인가. 꼭 무슨 고객이라도 되는 것처럼. 순호는 순순히 대답했다.

"싸웠다거나 한 건 아니고요. 정말 가까운 친구, 둘도 없이 소중한 친구가 있었는데 이제는 못 만나게 됐어요. 얼마 전에 세상을 떠났거든요. 자다가 심장이 멈춰서. 아마도 너무 과로한 탓에 그렇게 된 것 같은데."

"저런. 그러셨구나."

남자가 대답했다. 순호는 작게 한숨을 쉰 뒤에 말을 이어가기 시작했다. 남자가 다른 걸 묻지도 않았는데 이상할 정도로 말이 술술 나오고 있었다.

"생각해 보면 제 인생의 좋았던 시절은 다 그 친구와 함께일 때였던 것 같아요. 학생 때부터 그랬어요. 공부도 같이 했고 노는 것도 같이 놀았어요. 어른이 되고 나서도 걔랑 같이 술 마시는 게 제일 재밌었고 여행도 그 친구랑 가는 게 아니면 어딘지 모르게 좀 이상했어요."

순호는 그렇게 말하곤 저기 먼 곳을 보듯이, 거기에 무언가 중요한 게 있다는 듯이 전당포의 어느 한구석을 응시했다. 감상에 젖은 모양이었다.

"그렇게 느릿하게 놀았던 때가 언제였는지도 이제는 가물가물하네요."

그런 그를 보며, 전당포의 남자는 조심스레 물었다.

"돌아가고 싶으세요? 만나고 싶으시다거나?"

물론 보고 싶죠. 하지만 어떻게 만납니까. 죽고 없다니까. 순호가 여전히 전당포의 한 지점에 시선을 그대로 둔채 입으로만 대답했다.

"만날 수 있다면요?"

내가 잘못 들은 건가? 순호가 그곳에서 시선을 거두곤 남자 쪽으로 급하게 시선을 옮겼다. 그의 시선에는 약간의 놀라움과 예민함, 그리고 아주 일말의 희망 같은 것이 뒤섞여 있었다.

"무슨 소리예요?"

"말 그대로죠. 저는 방법을 알거든요. 세상을 떠난 사람일지라도 다시 만날 수 있는 방법. 물론, 아주 잠깐 동안이지만."

"제정신이세요?"

"그럼요. 더없이 제정신이죠. 그리고 머리끝까지 취할 정도로 술을 마신 사람에게 들을 말은 아닌 것 같은데."

하긴 그렇지. 제정신이 아닌 사람은 이 남자보단 내 쪽이 더 가깝겠지. 그래도 그렇지. 죽은 정빈을 어떻게 만날 수 있단 말인가.

조금 술기운이 날아간 채로 들은 남자의 말은 허무맹랑하기 그지없었다. 자기가 취급하는 알약이 하나 있는데, 그 알약을 먹고 잠깐 잠들고 나면 꿈속에서 만나길 원하는 사람을 만날 수 있다는 말. 그 사람은 환상도 뇌가 만들어낸 착각도 아니고 '진짜 그 사람'이라는 말. 단, 그 사람을 만날 수 있는 시간은 30분이 한계이므로, 30분 안에 그 꿈에서 얼른 깨어나야 한다는 말, 그러지 않으면 그 꿈속에 영원히 갇혀서 실제 육체는 서서히 죽어가기 시작한다는 말까지.

이게 뭐야? 흡사 뉴스에서 본 요즘 유통된다는 신종 마약의 홍보 문구 같잖아? 순호는 시작부터 끝까지, 그리고 그 장소에서부터 그 남자의 말까지 모든 것이 이해되지 않는 흐름 속에서 혼란스러워하고 있었다. 혼란은 술기운이 서서히 날아감과 동시에 더 커지고 있었다. 물론 상식적으로 생각해 본다면 그 남자가 제안한 거래는 말도 안 되는 거래였으므로 거절하는 것이 맞았다.

하지만 진짜라면? 만에 하나라도 이 남자가 제안한 거래가 실제로 정빈과의 만남을 잠시여도 좋으니 만들어준다면, 그거야말로 더없이 좋은 거래가 아닐까? 그 누구에게도 인사를 건네지 못하고 급하게 떠나간 그였으므로, 그를 만나서 해주고 싶은 이야기가 많았다.

거래가 어떤 식으로 진행되는지 말이나 들어보자는 심산으로 남자의 말을 계속해서 들었다. 남자가 그 신비로운 알약을 내어주는 대가로 요구한 것은 '소중한 그 무언가'였다. 그러므로 사람에 따라서는 돈이 될 수도, 오래된 일기장이 될 수도 있을 거라고. 지금 이 순간 당신

에게 가장 소중한 한 가지를 가지고 와서 내게 주면, 언
제라도 좋으니 알약을 내어주겠다고.

"언제라도 좋으니?"

"네. 언제라도 좋으니. 보면 아시겠지만, 이 전당포는
24시간 영업이거든요. 지금 시각은 새벽 한 시 반이고."

시간이 벌써 이렇게 흘렀구나. 슬슬 집으로 가야 했다.
조금이라도 더 자야 내일 쓰러지지 않고 일할 수 있을 것
같았다.

"그럼 일단 지금은 제가 가진 게 없으니, 생각해 보고
다시 오든가 할게요. 밤늦게 와도 되는 거죠? 제가 하는
일이 야근이 잦아서."

"물론입니다."

순호는 다소 급하게 남자를 향해 고개를 숙이곤, 전당

포를 빠져나와 주변을 둘러보았다. 마침 저 멀리서 빈 차 표시등이 켜진 택시가 달려오고 있었다. 순호는 손을 들어 택시를 세우곤, 차에 오르기 전에 고개를 돌려 전당포를 보았다. 전당포는 꼭 '너 헛것 본 거 아니야'라고 말하듯 그 자리에 그대로 있었다.

*

'제정신이 아닌 건 진짜 나였네.'

순호는 그렇게 생각하며 한숨을 푹푹 쉬었다. 출근길과는, 그리고 단정한 정장과는 어울리지 않는 기타 가방을 등에 메고 손에는 농구공이 들어 있는 스포츠 가방을 들고 있기 때문이었다.

어젯밤 집으로 돌아온 순호는 조금 전에 전당포에서 남자와 나눈 대화를 곰곰이 곱씹었다. 미심쩍은 부분이 한두 군데가 아니었지만, 또 그렇다고 자신에게 해를 끼치려는 속셈이 있는 것 같지도 않았다. 그리고 무엇보다 정빈이 보고 싶었다. 하여 밑져야 본전이라는 생각으로 들고 나온 기타와 농구공이었다. 두 개 다 정빈과의 추억이 진하게 베어져 있는 물건들이었다. 기타는 대학교 동아리에서 정빈과 함께 매일같이 만지고 쓰다듬었던 물건, 농구공은 실제로 정빈과 고등학생일 때부터 갖고 놀았던 공이었다. 세월이 세월인지라 곳곳이 닳고 바람도 다 빠져서 실제로 농구를 하는 데에 쓸 수는 없게 돼버린 공이었지만, 어딘지 모르게 볼 때마다 어느 여름밤의 공원 농구 코트를 추억하게 해서 쉽게 버릴 수가 없었다. 전당포의 남자가 돈이 아니어도 좋고 그 무엇이어도 상관없다고 했으니 이 두 가지를 가져가 볼 생각이었다.

출근길 내내 사람들의 시선을 한 몸에 받아야 했다. 회사에 도착해서도 갖은 비웃음과 구박을 들어야 했다. 순호를 좋게 보는 사람들은 비웃는 데에서 끝이었지만, 문 대리 같은 사람들은 진심으로 열을 올리며 잔소리를 해댔다. 안 그래도 어제 회식에서 순호가 저지른 실수 때문에 곱게 보일 리가 없는 그였다. 일이 장난이냐, 회사가 놀이터냐는 말에서부터 시작해서 도대체 어떤 집안에서 자라왔기에 개념이 그렇게 없냐는 말까지. 순호는 하긴 내가 나를 봐도 오늘은 조금 심했다는 생각이 들어 그 모든 구박을 달게 받아들일 수밖에 없었다.

여느 때와 같이 바쁘게 흘러가는 하루였지만, 오늘은 마음의 어느 한 조각이 다른 곳에 가 있기라도 한 것처럼 넋을 놓은 채로 움직였다. 말이 밑져야 본전이었지 내심 신경이 쓰이는 모양이었다.

여지없이 야근을 했고 거의 아홉 시가 다 되어서야 일을 마친 순호는 다급하게 기타 가방과 스포츠 가방을 들고 회사를 나섰다. 어느 방향이었더라? 24시간 영업이라곤 했지만 문을 닫았으면 어떡하지? 어제 그 자리를 무사히 찾아갔는데, 그 전당포가 없으면 어떡하지? 그러면 금방이라도 마음이 무너져 내릴 것 같았다. 이번 기회를 놓치면 정빈을 다시는 만날 수 없을 것이라는 확신 때문이었다. 순전히 감에 의지해 골목 골목을 타고 움직인 결과, 순호는 어젯밤의 그 전당포가 있었던 세련된 건물을 찾을 수 있었다. 그리고 저 앞에 불이 밝혀져 있는 곳은, 틀림없이 어제의 그 전당포였다.

"있다!"

순호는 한결 밝아진 표정으로 뒤뚱거리며 전당포를 향해 뛰기 시작했다. 등이며 어깨에 짊어진 짐이 한두 개가 아니었으므로 움직이기가 불편했지만 뛸 수밖엔 없었다.

전당포에는 어제와 마찬가지로 중년 또는 중년을 넘긴 것으로 보이는 남자가 차분한 자세로 앉아 있었다. 남자는 가쁜 숨을 내쉬며 문을 열고 들어온 순호를 보고는 반가운 미소를 지으며 고개를 숙였다.

"정말 오셨군요. 결심하셨나 보네요."

"네. 그 물건이 이거랑. 이건데요."

순호가 남자가 앉아 있는 곳을 향해 걸어가며 메고 있던 가방들을 손으로 옮겨 들었다. 혹시라도 전당포의 남자가 자신의 가져온 물건들을 보며 가치 없는 것이라고 생각할까 싶어 그것들에 관해 조금이라도 더 좋게 말할 필요가 있었기 때문이었다. 하지만 남자는 그의 말을 제지하며 담담하게 말했다.

"설명하실 필요 없어요. 말씀드린 대로 소중한 물건이면 그걸로 좋습니다."

"정말요?"

"그럼요. 이 기타랑. 어디 보자. 농구공이네요. 이렇게 두 갠가요?"

"네."

순호는 왠지 모르게 긴장이 되어 기어들어 가는 목소리로 가까스로 대답했다. 남자는 그것들을 천천히 살펴

보더니 고개를 한 번 끄덕이곤, 뒤쪽 깊은 곳으로 걸어가 조그마한 물건 하나를 들고 순호의 앞으로 돌아왔다. 어제 말한 그 알약인 모양이었다.

"이것을 갖고 집으로 가셔서 물과 함께 드시면 끝입니다. 말씀드린 것처럼 30분 내에는 꿈에서 깨어나셔야 하고, 깨어나지 않는 쪽을 선택했을 때 오는 모든 결과에는 책임을 지지 않습니다."

"꿈에서 깨어나는 방법은요?"

"간단합니다. 꿈에서 깨야겠다고 생각만 하면 됩니다."

"좀 허무하네요."

남자가 작게 웃었다. 그리고는 아참, 하며 말을 이어갔다.

"웬만하면 집에서, 그리고 침대 위에서 드시는 걸 추

천해요. 날카롭거나 둔탁한 물건이 주변에 있는 곳에서
드시면, 갑자기 잠에 빠져드는 순간 머리나 몸을 다칠 수
도 있거든요."

약효가 확실하긴 확실한가 보구나. 순호는 생각하며
침을 꼴깍 삼켰다.

"알겠습니다."

"설명은 여기까지입니다. 이제 얼른 가셔서 친구분을
만나시면 돼요. 빨리 보고 싶으신 거잖아요?"

순호의 심장이 빠르게 뛰기 시작했다. 정말인가. 정말
이대로 집으로 가서 이것을 삼키기만 하면 내 친구 정빈
을 만날 수 있게 되는 건가.

"당연하죠. 그럼 가보겠습니다."

남자가 순호를 향해 고개 숙여 인사를 건네고 순호 역

시 남자에게 인사를 건넸다. 그리곤 한달음에 전당포를 나서서 집을 향해 달리기 시작했다. 짐이 줄어들어서인지 정빈을 만나고 싶은 마음이 그렇게 만들어준 건지는 몰라도 발걸음이 더없이 가벼웠다. 새끼야. 지금 형님이 너한테 간다. 넌 죽었어. 감히 나한테 말도 안 하고 그렇게 죽어버려?

집에 도착하자마자 옷도 갈아입지 않고 물부터 찾았다. 그리곤 한달음에 침대로 달려가 약을 머금고 물을 삼켰다. 제발. 제발 거짓말이 아니었기를. 정말로 녀석을 만나게 되기를. 빠르게 뛰는 심장이 진정되지 않았다. 이래서야 잠에 빠질 수 있겠어?

라고 생각했던 것도 잠깐이었다. 눈을 감았다 뜨니 순호는 길 위에 서 있었다. 깜깜한 밤이라 잘은 보이지 않았지만, 어딘지 모르게 낯이 익은 길이었다.

"여기가 어디지?"

그의 말에 대답해 주는 사람은 아무도 없었다. 마치 세상의 모든 사람이 증발해 버리고 순호 혼자만 남은 세계관에 들어온 기분이었다. 그럼 정빈이는 어디 있는 거지? 내가 너무 일찍 왔나? 뭐 걔도 이 꿈속으로 들어오는 절차 같은 게 있는 건가? 기다려야 하나?

그렇게 오만 가지 생각을 하고 있는데, 돌연 눈앞이 번쩍했다. 뭉툭한 무언가가 자신의 뒤통수를 강타한 거였다. 뭐야? 결국 사기당한 거였나? 나를 어떻게 하려는 계략이었나? 순호가 손으로 뒤통수를 감싼 채로 얼른 뒤를 돌아보는데, 거기엔 앳돼 보이는 정빈이 서 있었다. 고등학생 때 매일같이 봤던 그의 모습이었다. 정빈이 히죽히죽 웃으며 말했다.

"그거 하나 못 피하냐?"

무슨 소리야, 순호가 그제야 주변을 둘러보니, 조금 전에 그의 뒤통수를 맞춘 것으로 생각되는 농구공이 저쪽으로 또르르 멀어지고 있었다.

"진짜 정빈이야?"

"그럼 뭐 가짜 정빈이도 있냐? 이상한 소릴 하고 있네."

아 됐고 빨리 공이나 주워 와. 오늘은 왜 이렇게 늦었어? 정빈이 순호에게 손짓했다. 순호가 어버버하며 어떤 말도 하지 못하고 얼른 뛰어가 공을 집어드는데, 입고 있는 옷이 이상했다. 그건 순호가 조금 전까지 입고 있던 정장이 아니라 학창 시절에 질리도록 입었던 교복이었다.

내가 지금 꿈을 꾸고 있나? 아 맞다. 꿈이랬지? 순호가 공을 든 채로 멍하니 서 있으니 뒤에서 정빈이 소리쳤다.

"야. 뭐해. 오늘 이상하네?"

미안. 순호가 얼른 그 공을 정빈에게 던지고 자신 역시 그가 있는 곳으로 달려갔다. 공의 상태도 전당포에 맡길 때의 닳고 바람 빠진 모양이 아닌 팽팽하고 광택이 있는 것을 보니 정말 학창 시절로 돌아온 모양이었다.

순호와 정빈은 얼마 동안 옛날 그 시절처럼 농구를 하며 놀았다. 얼마나 오랫동안 공을 안 뺏기는지를 내기하기도 했고 각자 열 번씩 던져서 누가 더 많이 숫을 성공시키는지를 내기하기도 했다. 그렇게 얼마나 놀았을까. 갑자기 정빈이 웃음을 터뜨리기 시작했다.

"미안하다 진짜. 너 오랜만에 보는 게 반가워서 장난 좀 쳐봤다. 그래도 그렇지. 넌 무슨 시키는 대로 다 해주냐? 나 죽은 거, 네가 죽은 나 보러 온 거 다 알고 있어 인마."

에이씨, 진짜 그때로 돌아간 줄 알고 깜짝 놀랐잖아. 순호가 정빈에게 주먹을 들이미니 정빈이 다시금 미안하다고 말하며 그의 손목을 잡았다.

"그러지 말고 여기 좀 앉아 봐. 오랜만인데 얘기나 좀 하자."

"바라던 바다. 너 갑자기 그렇게 가버리는 게 어딨냐?"

"그건 나도 어쩔 수 없었지. 나라고 그렇게 갑자기 죽어버릴 줄 알았겠냐?"

그러니까 새끼야. 사람이 그렇게 갑자기 죽어버릴 정도로 일을 많이 하면 어떡해. 힘들면 요령도 좀 부리면서 쉬엄쉬엄해야지. 순호는 그렇게 말하며 아주 약간 양심의 가책을 느꼈다. 정작 그렇게 말하는 본인도 죽을 만큼 힘든 야근을 밥 먹듯이 하고 있었으니까.

"그러게. 그건 내가 좀 멍청하긴 했다. 요령은 못 부리더라도 힘든 내색은 좀 해볼걸. 그럼 마음이라도 좀 나아졌을 텐데."

그래. 친구 좋다는 게 뭔데⋯. 감정이 치밀어올라 말이 끝까지 나오지 않았다. 창피해 죽겠네. 다른 사람도 아니고 애 앞에서 내가 울다니. 순호가 그런 생각을 하고 있는데, 옆에서 뜬금없이 기타 소리가 들렸다. 그 선율은 아주 익숙한 선율이었다. 두 사람이 고등학교를 졸업하고 같은 대학교로 진학해서 가입한 동아리에서 자주 연습곡으로 선정된 그 곡이었다.

순호가 고개를 들어 옆을 바라보니 정빈은 조금은 성숙해진 얼굴이 되어 있었다. 옷도 교복이 아닌 캐주얼한 사복 차림이었다. 아무래도 대학생 시절의 모습으로 변한 모양이었다. 정빈은 그 곡을 끝까지 다 연주하고는 울먹이는 순호의 어깨를 토닥였다.

"내가 진짜 멍청했던 것 같아. 세상에 혼자 살 수 있는 사람은 없는데. 혼자서 살아내기에 세상의 모든 일은 강하고 힘들기만 한데. 나는 멍청하게 혼자서만 그걸 다 감당하려고 한 거야. 딴에는 너에게 걱정을 끼치고 싶지 않아서 그랬던 건데. 미안하다."

알았으면 됐어. 순호가 괜히 퉁명스럽게 대답하니 정빈이 다시 사람 좋아 보이는 웃음소리를 냈다. 그리곤 순호에게 물었다.

"잘은 모르지만, 너도 요즘 힘들지?"

"요즘 세상에 안 힘든 사람이 어딨어."

"그런 거 말고. 너도 회사에서 일하고 집에서 기절하는 거 말고는 네 삶이 없잖아."

"그렇긴 하지."

"그러니까. 그러다가 너도 하루아침에 죽는 수가 있다?"

"무슨 그런 말을 해."

"걱정돼서 하는 말이지. 내가 너를 모르냐. 너는 그게 뭐가 됐든 주변을 책임지려는 성격이 강해서 시키지도 않은 일에도 안간힘을 다하는 애잖아. 그러다 보니 하지 않아도 되는 일도 다 떠맡을 거고. 혼자 할 수가 없는 일도 혼자 하려고 할 거고."

이야, 죽기는 죽었어도 역시 친구는 친구구나. 순호는
정빈이 자신의 회사 생활을 이토록 정확하게 꿰뚫고 있
다는 사실에 소름이 돋았다. 정말 그랬다. 회사 자체가
업무량이 많기도 많았지만, 순호는 거기에 더해서 일을
굳이 찾아서 하고 있었다. 자기가 자기를 혹사시키고 있
는 것이었다.

"친구 아니랄까 봐 이런 것까지 닮아서 어떡하냐. 나
도 그러다가 이렇게 된 거거든. 그러니까 조심 좀 하라
고. 너까지 죽으면 주변 사람들 슬퍼서 어떡하냐?"

그리고 너 죽으면 나를 추억해 줄 사람은 장담컨대 이
세상에 아무도 없을 텐데. 그러면 내 죽음이 너무 슬퍼지
는 거 아니냐? 물론 우리 엄마 아빠도 있지만, 엄마 아빠
의 추억은 따로 있는 거고. 친구 사이로서의 내 청춘은
전부 네 거야. 그러니까 이제 너도 좀 챙기라고. 정빈이
한결 다정한 말투로 순호에게 말했다. 원래대로의 순호
라면야 가르치려 들지 말라고, 혹은 징그러운 소리 하지
말라고 했겠지만, 그의 말이 하나하나 전부 옳은 말이라

서, 그리고 그 말에서 정빈의 진심을 느낄 수 있어서 잠자코 듣고만 있을 수밖엔 없었다.

"빠르지 않아도 되고 최고가 아니어도 돼. 조금만 천천히, 내 몸과 마음도 좀 챙기면서 해도 돼 순호야. 그래도 괜찮아. 아무도 너한테 뭐라고 못 해."

"잘난 척이 늘었네."

"형이 진지하게 말하면 좀 들어라 얌전히."

"정말. 당장 내일 아침에 눈 뜨는 게 무섭다. 또 어떻게 출근하나 싶고."

"다 그렇지 뭐. 말했잖아. 서두를 필요 없다니까? 괜찮아. 쫄지 마."

그래. 순호가 그렇게 대답하며 정빈의 얼굴을 보니 정빈은 어느덧 짙은 회색 정장을 입고 있었다. 대학교를 졸

업하고 순호와 비슷한 시기에 사회 전선에 뛰어든 그때의 그 모습이었다.

"여기에서 더 나이가 들어서 보여주고 싶은 멋있는 모습이 많았는데. 아쉽네."

"아쉬우면 지금 여기서 더 보여주면 되지."

"내가 아직 그 나이까지는 살아본 적이 없어서 그건 나도 못 보여줘."

그런 건가. 순호는 참 신기한 세계관이라고 생각하며 몇 번이고 고개를 끄덕였다. 어느덧 밤이 깊은 것을 넘어서 저 멀리서 어스름하게 아침 해가 떠오르려는 것 같았다.

"그리고 무엇보다도, 이제 슬슬 가봐야 할 시간인 것 같은데, 너?"

"맞다. 시간."

정말이었다. 전당포 주인이 이야기한 시간은 30분이었으므로, 이제 조금만 더 지나면 삼십 분이라는 제한 시간이 꽉 채워질 것 같았다. 갑자기 등 뒤에서 식은땀이 날 것만 같았다. 꿈속에 영원히 갇혀버린다고 했던가.

"늦기 전에 가봐라."

정빈이 아쉬운 기색 하나 없이 말했다. 순호는 그렇게 선뜻 자신을 보내버리는 정빈의 태도에 조금 섭섭해졌다가, 또 그런 모습이 정빈답다는 생각에 작게 웃었다.

"그래. 가볼게."

순호는 그렇게 말하곤 자리에서 일어나서 정빈을 등지고 걷기 시작했다. 그의 얼굴을 보고 있으면 도무지 꿈에서 깰 마음을 먹지 못할 것 같아서였다. 조금이라도 그로부터 멀어진 다음에 꿈에서 깨야만 할 것 같아서 내린 결정이었다. 그렇게 몇 걸음을 걸었을까. 뒤에서 그를 부르는 정빈의 목소리가 들렸다.

"야!"

순호가 뒤를 돌아보니, 정빈은 다시금 교복을 입은 앳된 모습으로 그곳에 서 있었다.

"왜?"

순호가 물으니 정빈이 오른손 주먹을 쥐고는 앞으로 뻗으며 말했다.

"다시 해보자. 잘 살아 보자. 이제 시작이야."

"시시하긴. 그래. 한번 잘해볼게."

네 몫까지 잘 살게. 차마 그 말만은 덧붙이지 못했다. 그 말을 뱉으면 다시 눈물이 날 것 같아서. 우는 모습을 보여주는 건 한 번으로 족했다. 그저 순호 역시 마찬가지로 주먹을 쥐어 보일 뿐이었다.

*

잠에서 깨어나 시계를 보니 정확히 삼십 분이 흘러 있었다.

정말이네. 나한테 무슨 일이 일어난 거지. 정말 내가 정빈이를 만나고 온 거라고? 세상에. 이런 마법 같은 일이 있기는 있구나. 순호는 침대 위에서 몸을 일으킨 채로 몇 번이고 고개를 갸웃거렸다.

그때 창밖에서 웅성거리는 소리가 들렸다.

순호가 사는 곳은 도시 외곽의 주택가에 있는 빌라로, 그의 집은 1층 1호에 있었다. 창밖에서 누군가가 대화를 나누는 모양이었다. 그런데 왜 이렇게 익숙한 목소리인 것 같지? 순호는 몸을 일으켜 창가 쪽으로 걸어가 귀를 기울였다. 그리고 조금 더 명확하게 들리는 말소리는, '순호 씨, 순호 씨'였다.

누가 나를 부르지? 순호는 놀라서 얼른 창문을 열었다. 누군가가 순호가 내다보고 있는 창문으로부터 천천히 멀어지고 있었다. 순호는 곧바로 알 수 있었다. 아. 전당포의 그 남자다. 그런데 여기는 어떻게 알고 온 거지? 순호가 무슨 말이라도 하려고 하는데, 남자가 선수를 빼앗아 갔다.

"그냥 와봤어요."

아, 그냥 와보셨구나. 그런데 제가 조금 전에 진짜로 꿈에서 걔를 만났거든요, 라고 말하려 다시 입을 벌리는데, 이번에도 남자가 선수를 빼앗았다.

"내가 순호 씨 같은 사람 많이 봤는데요."

"네?"

"아무리 힘든 나날을 만난다고 해도 결국은 괜찮아지고 행복해지더라. 그러니 모쪼록 건강히만 지내세요."

남자는 그렇게 말하곤 계속 앞을 향해 걸어갔다. 그리곤 멀어지면서 천천히, 뒤도 돌아보지 않고 손을 흔들었다. 순호는 멀어지는 남자의 뒷모습에 대고 고개를 꾸벅숙였다. 고맙습니다. 라고 작게 말했지만, 그 목소리가 너무도 작았기에 남자에게는 안 들렸을 것이었지만, 그래도 괜찮았다. 순호 자신만큼은 남자의 진심을 오롯이 잘 건네받았으니 그걸로 된 것 같았다. 순호는 남자가 점처럼 작아질 때까지 그를 눈으로 좇다가, 창가에 선 김에 밤하늘을 오랫동안 구경했다. 저 멀리 어딘가에 정빈이 있지는 않을까 생각하면서.

다시 창문을 닫고 방을 둘러보았다. 책상 위에는 회사에서 맡고 있는 프로젝트와 관련된 출력 자료들이 아무렇게나 널브러져 있었다. 그리고 그 옆에는 채 몇 입도

먹지 못한 채로 불어 터져 있는 컵라면이 버려져 있었다.

　무엇부터 해야 할까. 자료 정리를 먼저 할까, 아니면 더러운 것들부터 먼저 치울까?

　생각하다가 문득, 그 자료들이 밑도 끝도 없이 꼴 보기 싫어지는 것이었다. 그리고는 자신이 더없이 불쌍해지기 시작하는 것이었다. 밥 한 끼 제대로 먹지 못할 만큼 집에서도 일뿐이었다니.

　"그래. 정말로 중요한 게 뭔지를 늘 생각해야지."

　순호는 그렇게 말하곤 자료들을 잘 정리해서 가방에 가지런히 끼워 넣었다. 이제부터 일은 회사에서만 하고 집에서는 밥을 먹고 잠을 자는 데에만 집중하고 싶었다. 일이 더뎌졌다고 누군가가 자신을 나무란다면, 할 말은 없었다. 순호에게 정말로 중요한 것은, 이제 무엇보다도 순호 자신이었으니까. 그게 나를 응원해 주는 일, 내가 앞으로도 나로서 건강하게 살아갈 수 있는 방법이었으니까.

순호는 생각했다. 그래. 정빈아. 그 시절이 우리를 응원하고 있어. 마치 며칠 간의 짧은 여행의 기억이 사람들을 몇 년 동안 살게 해주는 것처럼. 너와 함께 보낸 청춘이 나를 계속해서 응원해 주고 앞으로 나아가게 할 거야.

"다시 해보자. 잘 살아 보자."

순호의 혼잣말에 대답하는 사람은 아무도 없었다. 하지만 상관없었다. 추억 속의 정빈이, 청춘이라는 말이 가장 잘 어울리는 시절 속의 정빈이 몇 번이고 그에게만 들리는 대답을 건네오고 있었다.

3장

끝과 시작

*

"그래. 모쪼록 건강히만 지냈으면 좋겠다."

전당포로 돌아가는 길, 병완은 진심으로 생각했다. 비슷한 사연을 지닌 사람을 한두 번 본 것도 아니었지만, 그래도 사람은 사람인지라 마음이 가는 건 어쩔 수 없었다. 그래서 고객의 간단한 인적 사항을 적어둔 카드를 보고 한번 찾아가 본 거였다. 그리고 그들이 무사하다는 것을 확인하고 나면, 나름의 소원을 풀거나 나름의 행복을 찾았음을 확인하면, 그래, 이 맛에 이 일을 하지, 라고 작은 뿌듯함을 느끼기도 했다. 어쩌면 이 일이 적성에 맞을지도 모른다는 생각, 언제까지고 이 일을 하면서 지내도 괜찮겠다는 생각도 아주 가끔은 들었다.

저 사람은 나를 다정한 사람으로 생각할까? 아니면 괜한 오지랖을 떤다고 생각할까? 잘은 모르지만 면담할 때의 태도로 보나 사람 자체가 뿜어내는 분위기로 보나 어떤 호의를 베풀든 부정적으로 받아들일 사람은 아닐 것 같았다.

가끔 전당포가 있는 곳을 다시 찾아오면서까지 진심 어린 감사를 표하는 고객들도 있었다. 정말 그럴 필요까진 없는데, 혼자서 지내므로 다 먹을 수도 없는데 과일 세트라든가 간식거리 같은 것들을 바리바리 싸 들고 와서 건네는 사람도 많았다. 울먹이면서 평생의 은인이라고 말하는 사람도 가끔은 있었다. 아니라고 정말 아니라고. 이런 거 받으면 안 된다고 아무리 말을 해도 말이 통하지 않았다. 그는 그때마다 그들이 건넨 선물을 마지못해 받아 들고는, 그들과 함께 함께 전당포를 나서서 그들이 보이지 않을 때까지 그들을 환송하곤 했다. 그것 말고는 감사를 표할 방법이 없었다.

손님들로 받은 것이 밥이든 빵이든 과일이든 곧바로

먹어 치우지 않으면 안 됐다. 나머지는 내일 먹어야겠다고 생각하고 그것을 남겨두면, 전당포가 공간과 공간 사이를 이동하는 동안 그것들은 놀라울 정도로 빠르게 쪼그라들거나 바스러지고 말았다. 마치 몇천 년에 걸쳐서 화석이 만들어지는 과정을 몇 초 만에 빠르게 재생하기라도 한 것처럼. 그래서 이런 거 주지 말라고 한 건데. 병완은 늘 그렇게 말하며 그것들을 할 수 있는 데까지 입안에 욱여넣곤 했다.

아마도 그가 지키고 있는 전당포는 수십 년, 어쩌면 백 년이 넘는 시간을 빠르게 뛰어넘으며 미래를 향해 달려가고 있는 모양이었다. 하긴 생각해보면, 그가 젊었던 때는 보거나 접할 수 없는 문물들이 어느 순간부터 그의 앞에 나타나기 시작했었다. 그땐 단 한 대도 보기 어려웠던 자동차들이 일정 시점부터 발에 챌 듯이 많아졌고 라디오도 귀했던 시대를 지나 이제는 누구나 자신의 휴대전화를 갖고 다니는 시대가 되었으니까. 그렇게 시간의 흐름을 체감할 때마다 병완은, 아마 나와 같은 시절을 살았던 사람들은 이미 이 세상 사람이 아니겠구나, 생각하며 씁쓸해하곤 했다.

"정말 좋은 일을 하고 계시네요."

그들로부터 그런 말을 듣기라도 할 때면 쥐구멍이라
도 찾아서 숨어 들어가고 싶었다. 자기가 마냥 다정한 사
람은 아니라는 것, 그리고 이 일은 하고 싶어서 하는 게
아니라 다만 누군가에게 거대한 상처를 준 벌을 받고 있
을 뿐이라는 것을 스스로가 너무도 잘 알고 있었기 때문
이다. 한번은 고객 한 명이 못 견딜 정도로 그를 추켜세워
주기에 견디지 못하고 그 사람의 말을 끊어버렸던 적도
있었다.

"그런 거 아니에요. 그냥 저는 벌을 받고 있을 뿐인데요."

고객이 의아한 표정을 지으며 물었다. 뭘 얼마나 잘못
하셨는데요?

"그건…. 비밀로 해두고 싶네요."

고객이 눈을 가늘게 뜨며 웃으며 말했다.

"하긴. 누구에게나 말 못 할 비밀이 하나씩은 있는 법이겠죠? 하지만 전 사장님께서 좋은 사람이라는 건 여전히 믿어 의심치 않아요. 제 이야기를 일일이 들어주는 걸 보면서, 아, 정말 다정한 사람이구나. 내 말을 진심으로 경청해 주고 있구나. 생각했거든요."

뭘 얼마나 잘못하셨고 얼마나 커다란 벌을 받고 계신 건진 잘 모르겠지만, 정말 좋은 분이시니 결국엔 용서받을 수 있을 거예요. 그는 고객의 말을 듣고, 그런가요, 라고 작게 웃으며 대답할 수밖엔 없었다.

채 다섯 명이 남지 않았다고 했었던가. 전화기 건너편의 얼굴 한 번 본 적 없는 안내원의 말을 떠올렸다. 전당포를 얼마나 오랫동안 운영해 왔는지도 제대로 기억이 나지 않을 만큼 긴 시간이 흘렀다. 그리고 그 시간 동안 수많은 사람을 상대했고 그 덕에 전당포의 모든 업무는 자다가도 일어나서 해낼 만큼 익숙해져 있었다. 하지만 전당포에서의 일을 다 마친 이후의 일들에 관해선 생각해 본 적도 없었고 알려준 사람도 없었다. 그런데 어느덧 다섯 명도 안 남았다니. 그들을 전부 다 맞이하고 나면 정말이지 나는 어떻게 되는 걸까? 나는 어디로 가는 걸까?

"정말. 시간이 얼마나 흐른 거지? 한 2년쯤 지났나? 아니면 20년?"

걷다가 멈춰서 가만히 생각해 봐도 도무지 알 수 없었다. 시도 때도 없이 장소를 옮겨 다니는 전당포 안에서 바깥이 낮인지 밤인지도 모르는 채로 지내다 보니 시간 개념이 고장이 나도 단단히 고장 난 모양이었다. 나도 모르는 새에 오십 년 정도 늙어버린 건 아닐까. 정말 오십 년이나 흘러버린 거라면, 그녀는 나를 아직도 기억하고 있을까? 만에 하나라도 나를 까맣게 잊은 건 아닐까. 문득 공기가 유난히 차게 느껴졌다. 온몸에 소름이 돋는 것만 같아 전당포로 걸음을 서둘렀다.

그리곤 그날 밤의 잠자리에서, 그는 다시금 주란이 어딘가를 향해 걷는 꿈을 꿨다.

주란은 여전히 부지런히 어딘가를 향해 걷고 있었다. 사람들에게 길을 묻고 또 물어 앞으로만 향했다. 그러다가 지친 듯하면 길 위에 있는 아무 곳에나 걸터앉아 다리를 두드리고 주무르기도 했다. 하지만 가만있어 봐, 어디가 좀 바뀐 것 같기도 했다. 옷차림이 조금 바뀌었나? 주란이 입은 옷도, 주변 사람들이 입은 옷도 지난번의 꿈과는 조금 달라진 것 같았다. 조금 더 '다음 세대의 패션' 같다고 해야 하나? 그러고 보니 주변 상점의 생김새도 조금 더 세련미를 갖추게 됐고 교통수단도 훨씬 다양해진 것 같았다. 기분 탓인가. 아무튼 그런 것은 그에게 중요한 게 아니었다. 중요한 건 주란의 모습을 보는 일이었다.

"어디를 그렇게 분주히 가니."

병완이 물어봤자 그의 목소리는 그녀에게 가서 닿지

않았다. 그저 그녀를 묵묵히 내려다보는 일 말고는 할 수
있는 일이 없었다. 그렇게 그녀의 걷는 모습을 얼마나 더
바라봤을까. 다시금 아침은 찾아오고 병완은 허망하게
잠에서 깨어나는 것이었다.

"죽을 때가 됐나. 역시 전보다 더 보고 싶어져서 그런
건가."

병완이 하도 어이가 없어서 작게 웃었다.
그래. 정말 지금이라도 다시 만난다면 참 좋겠는데.

*

그다음 번의 새 손님을 맞이했다. 전당포가 착륙한 곳
은 정말 특색 없는 도시의 한가운데였다. 엄청나게 번화
하진 않았지만 그렇다고 또 엄청나게 후진 것도 아닌, 도
시를 이루고 있는 연령층도 청소년에서부터 시작해 노
년까지 골고루 분포된 보통의 도시였다. 그러므로 파견

이 일상인 그에게는 더없이 무료하고 지루한.

전당포의 문을 열고 들어온 손님은 묘하게 낯이 익은 듯한 노년의 남성이었다. 어째서 이렇게까지 익숙한 느낌이 드는 걸까. 사람이 나이가 들면 으레 자세도 구부정해지고 얼굴에 주름도 늘어나서 그런 걸까. 병완은 그렇게 생각하며 자리에서 일어나 그에게 인사를 건넸다. '혹시 우리가 저번에 만난 적이 있었나요?'라고 물을까 싶기도 했지만, 그랬을 리가. 그 도시는 장담컨대 그가 한 번도 와본 적 없는 도시였다.

손님은 마찬가지로 그에게 고개를 푹 숙여 인사를 건넸다. 병완은 얼른 노인이 서 있는 곳으로 걸어가 그의 모자와 외투를 받아 들고는 구석에 있는 옷걸이에 구겨지지 않게 그것들을 걸어두었다. 자리에 앉기를 청한 뒤 크게 돌아가 건너편의 자리에 앉고는 물었다. 무슨 일로 찾아오셨나요?

노인은 뭔가를 망설이는 듯 쉽게 입을 떼지 못했다.

병완은 참을성 있게 기다리다가, 작고 부드러운 목소리로 그에게 말했다.

"혹시 너무 뜬금없는 말인가 싶어서 주저하시는 거라면, 말씀하셔도 됩니다. 여긴 그러라고 있는 곳이니까요."

노인의 눈에서 순간 조그만 빛이 반짝였다. 그의 말로부터 용기를 얻은 모양이었다.

"우리 아들 좀 만나게 해주셨으면 해서요."

"아들이요?"

"우리 아들 용현이. 착한 앤데 바보같이 착해서 이십 년째 못 찾고 있는 아들 용현이."

세상에나. 이십 년이라니. 그나저나 어르신 연세가 못해도 여든은 넘은 것 같은데, 아들을 찾고 있는 거라면 그 아들도 나이가 꽤 있다는 게 아닐까? 그는 노인에게 조심스레 물었다. 아드님 나이가 어떻게 되는데요?

"늦둥이로 낳은 막내아들이니 올해로 마흔다섯이 됐겠네."

마흔다섯 살 먹은 미아라니. 노인의 사연은 그에게 다소 의아하게만 다가왔지만, 그래도 모두에겐 말하지 못할 사정이 하나씩은 있는 법이니 잠자코 손님의 이야기를 들어보기로 했다. 노인이 주머니에서 작은 사진 한 장을 꺼내 그에게 내밀었다. 모서리 네 군데가 전부 뭉툭하게 닳아버린 오래된 사진이었다.

"이 사람을 본 적이 있으실까요?"

사진 안에는 젊은 남자가 한 명 서 있었다. 청바지에 회색 스웨터를 입고 웃고 있는 남자였다. 남자의 미소는 더없이 밝아 보였다. 이 사람이 어르신께서 그토록 만나고 싶은 사람인가? 그런데 잠깐만. 정말 어디서 본 얼굴 같은데? 어르신, 이 사람 혹시….

"어디서 본 얼굴이죠?"

노인이 남자보다 먼저 말을 꺼냈다. 병완은 그렇다고 답했다. 왜 이렇게 낯이 익죠? 그의 말을 듣고는 핸드폰을 꺼내어 다른 사진 한 장을 더 보여주었다. 길거리에서 무언가를 찍은 사진인 것 같았다.

전봇대와 전봇대 사이에 가로로 길게 걸려 있는 현수막을 찍은 사진이었다. 현수막에는 '우리 아들 용현이 좀 찾아 주세요.'라는 문구가 노인이 조금 전에 보여준 젊은 남자의 사진과 함께 들어가 있었다. 아래에는 작게 그 남자에 관한 인적 사항이 적혀 있었다. 중간 키에 중간 체형. 왼쪽 손을 쥐었다 펴는 버릇 있음. 시끄러운 곳을 무서워함….

"어디서 본 것 같은 느낌이 드는 건 이 현수막 때문 아닐까요?"

그렇네. 그렇구나. 그래. 어디였는지는 정확하게 기억

나지 않지만, 그도 분명 어디선가 그 현수막을 본 기억이 있었다. 노인이 그의 놀란 표정을 읽고는 말을 이어갔다.

"맞죠? 사람들이 이 얼굴을 어디선가 봤다고 하면 보통은 이 현수막을 떠올리시더라고요. 내가 정말로 원하는 건 이 현수막이 아니라 실제로 내 아들을 봤다는 말인데…."

"도움을 못 드리는 것 같아서 죄송하네요. 그나저나 그 현수막을 어디서 본 건진 기억이 안 나네요."

"어디서라도 볼 수 있는 현수막이에요. 제가 그만큼 많이 걸어놨거든요. 모르시겠지만 여기저기 꽤 자주 다녔거든요. 이제는 그만뒀지만."

전국에서 내가 가장 부지런하게 움직이는 사람일지도 몰라요. 노인이 말했고 병완은 그럴 수도 있겠다고. 어쩌면 정말로 그보다도 여러 곳을 오갔을지도 모른다고 생각했다. 그리곤 동시에 코끝이 찡해지는 걸 느꼈다.

얼마나 절박했으면. 얼마나 아들을 찾고 싶었으면 그렇게 많은 곳을 다니며 그렇게 많은 현수막을 걸었던 걸까.

"정말 찾고 싶으신가 봐요. 그런데 이제 왜 그만두신 거예요?"

노인이 소리 없이 웃었다. 그건 왠지 쓴맛이 느껴지는 웃음이었다.

"내가 이제 나이도 있고요. 사실 살 수 있는 날이 얼마 안 남았대요."

"그러셨군요. 죄송합니다."

"아니에요. 이 나이 먹으면 다 이렇게 되지 뭘. 어쩌면 내가 너무 내 욕심만 생각하고 미련을 버리지 못했던 건지도 모르겠습니다. 다른 가족들도 그렇고 괜히 주변 사람들 고생만 시키고. 눈치 보게 만들고. 그러니 그만할 때도 됐지."

그래서 마지막으로 딱 한 번만 더 해보자는 마음으로. 밑져야 본전이라는 마음으로 한번 와봤어요. 노인은 평온해 보일 정도로 잔잔한 말투로 말했고 병완은 노인의 말을 듣고는 작게 고개를 끄덕이며 긍정했다. 그래. 여기에 오는 사람들은 다 그런 마음으로 오곤 했으니까. 너무도 간절한 무언가가 있는데 그 간절함이 깊어지고 길어질수록 주변 또는 자신까지 아프게 만들었으므로, 이번 기회를 마지막으로 생각하고 앞으로는 미련을 버릴 각오로 찾는 곳이 바로 이곳이었다.

"그런데 나는 아직도 이해가 안 되는 거야. 나는 아무리 열심히 찾아도 내 자식을 못 찾고 있는데, 아마 사는 동안 다시 그 아이를 보지는 못할 것 같은데, 세상에는 멀쩡한 자식을 일부러 버리는 부모들도 있다는 게. 각자의 사정이야 있을 수 있다지만, 나는 이해 못 해요. 죽어도 이해 못 해."

"하긴 가끔 보면 그런 사람들도 있다고 하더라고요."

"천벌을 받을 사람들이죠."

잠시 정적이 흐른다. 병완도 아무 말을 하지 않는다.
옛날이었다면야 한술 더 떠서 이런 놈들이라거나 저런
년들이라고 화를 내며 나서기도 했겠지만, 이제는 그저
가만히 있는 것, 고객이 용기를 내서 한 마디라도 더 솔
직하게 말할 수 있도록 기다려 주는 게 더 현명한 방법이
라는 것을 알았다. 아니나 다를까 노인이 다시금 천천히
입을 떼기 시작했다.

"솔직한 말로는 나보다 먼저 죽어버린 건가 싶기도
해요."

"에이 어르신. 무슨 그런 말씀을."

"아무리 애가 바보 같은 면이 있다지만, 그래서 누구
한테 잡혀가도 허허 웃고도 남을 놈이라지만. 그래도 그
아이를 봤다는 사람조차 안 나타나니까…."

하긴 자신이 나서서 말은 안 하더라도 그렇게 오랜 시간 동안 그토록 적극적으로 그를 찾아 헤맸는데, 정작 그 사람의 얼굴을 스치듯이라도 봤다는 사람이 한 명도 나타나지 않는 것은 이상한 일이었다. 노인의 말마따나 지금껏 현수막을 걸지 않은 도시가 한 군데도 없었다면, 못해도 한 명은 그와 비슷한 사람을 본 적이 있다고 연락을 할 법도 했을 텐데.

"만약 그런 거라면요."

"네. 어르신."

"정말 어디서 어떻게 혼자 잘못돼버린 거라면…. 혼자 얼마나 무섭고 외롭고 아팠을까. 그 생각이 끝도 없이 나를 괴롭게 만들어요. 그러면 내가 오래 살 이유가 없는데. 나도 얼른 여기를 떠나서, 얼른 가서 안아줘야 하는데. 좋아했던 음식도 만들어줘야 하는데…."

"그래도 그러시면 안 되죠. 그렇게 말씀하시면 다른

들는 사람들은 또 얼마나 속상하겠어요."

"무슨 소리. 당장 오늘 가도 이상하지 않은 나이에요."

"그래도…."

"아무튼 내가 어떻게 하면 되는지나 알려주세요."

힘없는 걸음걸이와 목소리와는 달리 노인의 눈빛만
큼은 전혀 흔들림이 없었다. 그러므로 병완은 하는 수 없
이 거래에 임할 수밖에는 없었다.

최대한 노인이 알아듣기 쉽도록 알약의 사용법과 주
의 사항을 설명하곤, 문밖에 나와 평소보다 더 오래 멀어
지는 의뢰인의 뒷모습을 바라봤다. 그 뒷모습으로부터
느껴지는 슬픔의 깊이와 후련함의 부피 같은 것을 헤아
려보려다가, 그건 그 아프고 간절했고 길고 길었던 시간
을 직접 겪어본 사람이어야만 알 수 있는 거라고 금방 깨
닫고는 다시 전당포로 들어갔다.

어쩌면 노인을 다시 못 볼지도 모르겠다는 예감이 스쳤다. 정말 꿈에서라도 이십 년 만에 아들을 보게 된다면, 그리고 예상했던 것처럼 아들이 이미 이 세상을 떠난 뒤라면 노인은 그 꿈에서 약속했던 30분 안에 깨어나지 않고 기꺼이 아들과 함께하기를 선택할 것이라는 예감. 지금껏 그런 사람을 몇 번 봐왔던 것처럼, 삶을 향한 미련이나 갈망보다도 보고 싶었던 것을 마주했다는 기쁨과 반가움이 더 커서 미련 없이 몸의 죽음을 선택할 것이라는 예감.

그렇게 노인이 떠난 뒤로 한 시간이 흐르고 또 세 시간이 흘러도, 그리고 혹시나 싶어 평소보다 더 오래 그 동네를 산책해도 그는 끝내 노인을 다시 볼 수 없었고 정직하게 밤만 다가왔다. 당연하지만 파견 지역이 바뀔 때까지도 노인의 소식은 알 수 없었다. 보통은 그랬다. 원래 이미 거래한 손님은 길에서든 어디서든 다시 마주치는 일이 흔하지는 않았다. 하지만 그래도 그 노인의 소식만큼은 오래오래 궁금해할 수밖에는 없었다.

세상에 아픈 사람들이 왜 이렇게도 많을까.

그건 병완이 세상을 향해 던지는 아주 오래된 질문이었다. 사람으로서 이해할 수 없는 초월적인 이야기가 세상에 수도 없이 펼쳐지고 그것을 내려다보는 신적인 존재가 정말로 있는 거라면, 그리고 그 신적인 존재들에게 인간을 아끼는 마음이, 적어도 측은하게 여기는 마음이 조금이라도 있다면 왜 이토록 사람들을 아프게 만드는 걸까. 아픈 사람들을 두고 보기만 하는 걸까. 아픈 사람들만, 심지어 길에서 아파하는 강아지나 제대로 날지 못하는 새만 봐도 마음이 찢어질 것 같았다.

그리고 그가 그토록 사람들보다 더 아픔에 민감한 것은, 지난 삶을 살면서 그리고 처음이 언제였는지도 제대로 기억이 나지 않을 정도로 오랫동안 전당포를 맡아오면서 축적된 고통의 장면들 때문이었다. 살아온 세월과 기억의 유통기한이 길어지면 길어질수록 세상 곳곳의 아픈 사람들을 하루에 한 명씩 알게 되었기 때문에 점점 더.

그리고 아픔이라는 단어를 떠올리다 보면 결국 마지막에 떠오르는 얼굴은 그 사람의 얼굴이었다. 수십 년이 넘도록, 그리고 어쩌면 백 년에 가깝도록, 아무리 여러 번 그 사람의 이름을 외치고 잠자리에 들어도 한 번을 꿈에 나타나지 않았던 사람. 많이 아파했고 그래서 많이 미안했던 사람. 주란의 얼굴.

주점에서의 그 작은 소동, 그러니까 주란이 병완이 일하는 가게에서 혼자 밥을 먹다가 쓰러지고 병완이 그런 그녀를 보살피다가 손을 다치고 그의 상처를 다시금 주란이 보살펴줬던 그날 이후로 두 사람은 누가 먼저라고 할 것도 없이 서로를 향한 호감을 키우기 시작했다. 병완은 주란이 이상형이라고 말했던 바보같이 착한 남자가 되기 위해 혼자 있을 때도 헤실헤실 웃는 연습을 했고 혹시라도 주변에 도움이 필요한 사람이 있는지를 시도 때도 없이 살폈다. 또 주란은 그런 병완의 노력들이 귀엽고 그녀 앞에만 서면 고장이라도 난 것처럼 실수를 연발하는 그를 보는 것이 즐거워서 평소보다도 더 당돌하게 그에게 이렇고 저런 장난을 걸곤 했다.

첫인상은 전혀 그렇지 않았지만, 가만히 놓고 보면 두 사람만큼 죽이 잘 맞는 한 쌍은 없었다. 주란은 몸은 허약했지만 마음이 단단했고 병완은 몸은 크고 튼튼했지만 어릴 적부터 주눅이 든 채로 지내왔던 탓에 의외로 허약한 마음을 지니고 있었다. 또 주란은 하고 싶은 일이 없다고 할지라도 자신의 삶을 책임지기 위해 우직하게 일하는 병완이 대단하다고 생각했고 병완은 자신의 할일이 분명하다는 것만으로도 주란을 더없이 빛나는 사람이라고 생각했다.

두 사람은 병완이 일을 마치고 난 뒤의 늦은 밤을 이용해 동네를 오래오래 걷거나 일주일에 딱 하루 있는 두 사람 모두의 휴일인 일요일에 약속할 것도 없이 아침부터 만나서 산책을 하고 점심을 먹고 점심 이후의 시간을 보냈다. 딱히 할 것이 없어도 괜찮았다. 주란이 좋아하는 서점에 가는 것도 좋았고 병완이 좋아하는 시장에 가는 것도 좋았다. 중요한 것은 지금 하고 있는 것이 아니라 지금 함께하고 있는 사람이었으니까.

시작은 동네 친구라는 이름이었지만, 두 사람은 그렇게 일요일 아침부터 시작되는 데이트처럼 약속할 것도 없이 서로를 사랑하기 시작했다. 서로의 집을 드나드는 날이 점점 잦아졌고 이윽고는 상대방의 집에서 출근하고 퇴근하고 나서도 다시 그 집으로 돌아오는 날이 오랫동안 이어지기도 했다.

"우리 이럴 바에는 그냥 같이 살까?"

"결혼도 안 했는데?"

"꼭 결혼을 해야 같이 사나? 그러면 우리 결혼할까?"

"넌 무슨 청혼을 이렇게 대충 해. 그리고 그것도 여자가 먼저."

주란이 넌지시 같이 살기를, 어쩌면 평생을 그러기를 말해온 날 밤, 병완은 하루라도 빨리, 그리고 이쪽에서 먼저 정식으로 그녀에게 청혼해야겠다고 결심했다. 그리고 며칠 지나지 않아 아주 작은 보석 한 알이 박힌 반지를 엉거주춤한 자세로 내밀며 그녀에게 청혼했다.

"나랑 결혼해 줄래? 결혼식은 아직 모르겠어. 웨딩드레스도 모르겠어. 알다시피 우리 형편이 조금 빠듯하잖아. 그래도 나중에는 꼭 하자. 내가 반드시 행복하게 해 줄게."

주란은 장난기 가득한 미소를 짓는 것과 동시에 한 손으로는 살짝 맺힌 눈물을 닦으며 고개를 끄덕였다. 결혼식은 언제 할 건데, 라고 대답하며 병완을 껴안았다.

그렇게 찍은 사진이었다. 당장은 턱시도도 드레스도 없지만, 결혼식도 아니지만, 그래도 반지를 주고받은 걸 기념해서 동네 사진관에서 단돈 만 원을 주고 찍은 사진. 액자 속의 두 사람은 더없이 수수했지만 더없이 행복해 보이기도 했다.

역시나 부족한 게 많았다. 순탄치 않은 결혼생활이었

다. 하지만 두 사람은 사랑으로 서로를 의지했다. 병완은 늘 그랬던 것처럼 열심히 돈벌이에 매진했고 주란 역시 하고 싶었던 일인 작가 일을 본격적으로 시작해서 아주 적게나마 원고료를 받고 글을 쓰기 시작했다. 집안 사정도 그렇게 서서히 괜찮아지기 시작했다. 성공은 여전히 까마득히 먼 곳에 있다고 할지라도 주란은 원하는 일을 하며 행복을 이어갔고, 병완은 그런 그녀의 행복을 자신의 행복으로 여기며 우직하게 일상을 버텨냈다.

"괜찮은 걸까?"

어느 주말 낮에, 병완의 어깨에 기댄 채로 주란이 물었다.

"뭐가?"

"이렇게 둘이서만 사는 거. 다른 집은 다 아이를 가지려고 서두르는데 우리만 이렇게 팔자 좋게 드러누워 있어도 되나 싶어서. 물론 나야 당신만 있으면 되지만, 혹시라도 당신 생각은 나랑 다르지 않을까 싶어서."

"무슨 소리야. 나도 다른 건 다 없어도 괜찮아. 너만
있으면 돼."

사실 형편이 허락한다면야 나와 당신을 닮은 아이가
와주면 참 좋겠다, 고 말할까 싶기도 했지만, 그러지 않
았다. 두 사람이 지내기에도 빠듯한 형편은 둘째 치더라
도 무엇보다 그녀의 건강이 걱정됐기 때문이었다. 성격
은 당돌하고 우악스럽다지만 타고나기를 허약하게 타고
난 몸은 어쩔 수 없었고 첫 만남에서도 그랬던 것처럼 어
디서든 픽픽 쓰러지는 체질은 결혼하고 나서도 좀처럼
나아지질 않았다. 빠듯한 급여를 쪼개서 좋다고 하는 약
을 이것저것 구해다 먹여봐도 이렇다 할 효과는 없었다.
그런 그녀가, 자신의 몸을 간수하는 것도 힘에 달려 하는
그녀가 새로운 생명을 품는 것은 사람의 몸에 대해 잘 모
르는 병완이 생각하기에도 더없이 힘든 일이었다. 그러
니 그저 두 사람으로만 지낼 수밖에. 아이는 갖더라도 아
주 나중에, 어쩌면 여러 조건들이 괜찮아지는 날이 오면

그때 다시 생각해 보는 걸로 미뤄둘 수밖에는 없었다.

둘만 있으면 언제까지고 좋을 줄 알았다.
우리 둘이 함께라면 이겨내지 못할 시간은 없을 줄 알았다.

주란이 쓰러진 뒤로 오랫동안 일어나지 못한 것은 그날이 처음이었다. 둘이 같이 저녁 밥상을 차려서 배불리 먹고 뒷정리를 할 때였다. 병완이 설거지를 하고 주란은 남은 식재료와 음식물쓰레기를 정리하고 있었다. 그때 주란이 하던 동작을 멈추고 손으로 이마쯤을 짚기 시작했고, 천천히 소파 쪽으로 걸어가 앞으로 푹 고꾸라지는 거였다. 병완이 장난스레 말했다.

"왜? 또 어지러워? 어지러운 건 어지러운 거라도 굳이 다섯 걸음 넘게 소파 쪽으로 가서 쓰러져야겠지?"

주란은 대답이 없었다.

"알았어. 나머지는 내가 정리할 테니까 연기 그만해."

그러면 주란은 얼른 고개를 들고는 능숙한 손동작으로 옆에 있던 담요를 펼쳐 덮거나 책을 꺼내 들곤 했다. 하지만 주란은 여전히 소파에 얼굴을 파묻고 있었다.

"알았다니까? 연기 그만해. 재미없다."

주란이 자신의 말을 들은 체도 안 하는 것을 보자마자 병완은 뭔가 잘못됐다는 걸 느꼈다. 손에 물기를 닦지도 않은 채로 주란에게로 달려가 그녀의 몸을 돌려 눕혔다. 주란은 마치 깊은 잠에 빠진 것처럼 조용히 눈을 감고 있었다.

"자기야. 일어나봐. 여보. 여보."

여전히 꿈쩍도 하지 않는 그녀를 내려다보며 병완은 실시간으로 숨이 가빠지고 눈물이 차올랐다. 그러지 않겠지만, 그래서도 안 되지만, 만약 이 사람이 눈을 뜨지 못하게 된다면 어떡하지. 그때부터 나는 어떻게 살아야 하지. 그런 나쁜 생각이 아무리 머리를 뒤흔들고 그녀를 흔들어대도 가시지 않았다.

다행히 주란은 일 분이 채 지나지 않아 눈을 뜰 수 있었지만, 자기가 왜 소파 위에 누워 있는지 그리고 얼마나 오랫동안 정신을 잃고 있었는지를 알지 못했다. 병완은 일단은 그녀가 깨어났다는 것에 누구에게라도 감사하고 싶었지만, 동시에 다음에 혹시라도 또 이런 일이 벌어진다면 그땐 정말 그마저도 함께 무너져버릴 거라는 생각에 얼른 그녀를 대학 병원으로 데려가야만 했다.

병원에서 두 사람에게 건넨 소식은 너무나도 비현실적인 소식이었다. 몸 곳곳에 이미 성질이 더러운 세포가 자리를 잡았다는 말, 그리고 그것들과 싸우는 데는 많은 돈과 시간, 그리고 무엇보다도 모두의 응원과 당사자의 의지가 필요하다는 말이었다.

시간이 좀 걸리고 돈도 좀 필요하다지만 나을 수도 있

다잖아. 시간은 원래 우리한테 남아돌던 거고 돈은 내가 좀 더 열심히 벌어볼게. 나 정말 괜찮아. 요즘은 여기저기서 돈 주겠다고 일만 해달라고 하는 곳도 많아졌어. 병완은 가장 먼저 그런 말들을 연이어 건네며 주란을 다독였고 주란은 평소와 다르게 말수가 많아진 병완을 물끄러미 바라보다가 '그래. 신세 조금만 더 질게'라고 말하며 고개를 끄덕였다. 늘 지었던 익살스러운 미소였지만 왠지 모르게 더는 익살스러워 보이지 않았다. 그저 애달프기만 할 뿐이었다.

사람들은 무작정 안타까워하기부터 했다. 부부의 살림살이로는 그 병을 이겨낼 수 없을 거라고 속단할 수밖에 없고 그 병을 앓다가 세상을 떠난 사람도 한두 명이 아니라는 이유에서였다. 병완은 그때마다 그들을 향해 눈을 부라리며 말했다.

"누가 죽기라도 했어? 병은 고치면 되고 돈은 벌면 그만이야."

사람들은 그런 그에게 멋쩍게 웃어 보였지만 그가 자리를 뜨고 나면 다시금 혀를 차기만 했다. 병완 역시 화내는 것만으로는 그들의 시선과 생각을 바꿀 수 없다는 것을 알았기에 그저 자리를 뜨는 일 말고는 할 수 있는 일이 없었다.

  갈수록 야위어가던 주란이 결국 입원을 결정했고 두 사람의 웃음소리로 가득했던 집은 한순간에 폐허처럼 조용해졌다. 그리고 병완은 적막한 집 한가운데에 앉아 헛웃음을 지었다. 그래. 어차피 이렇게 조용한 집에 있어 봤자 뭐해. 일이나 더 하자. 최대한 집에 머무는 시간을 줄이자.

  그때부터 그는 모두가 걱정할 정도로 일에 몰두하기 시작했다. 남들은 인상부터 찌푸리고 볼 정도로 궂은 일도 일단은 자기가 하겠다고 나섰고 주변으로부터 걱정을 살 정도로 집에 안 들어가고 밤을 새워 일하는 날이 늘어만 갔다. 병완은 그때마다 말했다. 여기서 나보다 튼튼해 보이는 사람 아무도 없잖아요. 그러니까 걱정 말고 먼저들 들어가요. 난 혼자 돈 많이 벌고 좋지 뭐. 사람들은 그래도 그렇지 어떻게 그 모습을 보고만 있냐고 대답했다. 몇몇 사람은 안타까운 마음에 간식거리를 챙겨주고 가기도 했었다.

그런 나날이 언제까지고 계속될 수만은 없었다. 주란을 생각하면 자다가도 일어나서 일거리를 찾는 게 맞았지만, 점점 더 많은 잠을 포기하다 보니 신경이 곤두서는 것은 당연한 수순이었고 그에 따라 엄한 데에다 화를 내는 날이 많아졌다. 그렇게나 자랑했던 튼튼했던 몸도 점점 얇아지기 시작했고 그의 얼굴 곳곳이 피곤의 흔적이 드리우기 시작했다.

그쯤부터 사흘에 한 번씩은 시간을 쪼개서라도 갔던 주란의 병문안도 일주일에 한 번, 더 나아가서는 열흘에 한 번씩으로 줄어들기 시작했다. 주란이 전화로 볼멘소리를 내면 이게 다 누구 때문인데, 라고 버럭 화를 내기도 했었다. 물론 화를 내고 전화를 끊은 뒤엔 '아차. 내 정신 좀 봐. 이렇게 열심히 움직이는 것도 다 그 사람 낫게 하려고 시작한 건데. 그 사람에게 상처를 줘버렸네'라고 잘못을 뉘우쳤지만, 이미 뱉어버린 말은 주워 담을 수가 없었다. 그는 그렇게 또 자책하기 시작하고 자책은 또 다른 짜증으로 이어져 아주 서서히 그의 일상을 망가뜨리기 시작했다.

*

주란의 투병 생활이 나아지는 일이 없이 지긋지긋하게 이어지기만 하고, 둘의 사이는 점점 소원해지기만 했다. 병완은 마치 숙제가 밀린 학생의 손처럼 발걸음을 질질 끌며 일터로 향했고 임금을 정산받으면 다시 숙제를 제출하는 학생처럼 병원에 고스란히 그것을 갖다 바쳤다. 주란은 그때마다 잘못이라도 한 사람처럼 숨어서 자는 척을 하거나 애써 웃는 척을 했다. 병완은 그런 그녀를 아주 잠시 바라보고는, 다시 일하러 가봐야 한다고 말하며 돌아서서 병실을 떠났다. 괜찮아질 거라는 말 없이. 사랑한다는 말도 없이.

병완은 가끔 아주 몹쓸 생각을 했다. 바로 '주란이의 병이 결국은 나아지지 않고 악화된다면, 그래서 주란이가 숨을 거둔다면 어떻게 될까?'라는 생각이었다.

처음에는 그런 생각이 불쑥불쑥 치밀 때마다 반사적으로 눈물부터 차올랐다. 아니라고. 그런 일은 절대 일어나지 않을 것이며 일어나서도 안 된다고 생각하며 울기만 했었다.

하지만 그와 같은 나날이 이어지면서, 그와 같은 생각이 다시금 병완의 머리를 스치면 드는 생각은 전과 비슷하면서도 달랐다. 바로 '슬프기는 슬프겠지만 조금은 내가 편해질 수도 있는 것 아닐까?'라고 생각하게 된 것. 사람이라면 그리고 당사자의 배우자라면 절대 해서는 안 될 쓰레기 같은 생각이었지만, 무의식 속에서 그것이 두둥실 떠오르는 것은 막을 수가 없었다.

하루는 그런 생각이 스쳐서 반성하는 마음으로 전처럼 그녀가 좋아할 만한 간식거리를 사 들고 병원을 찾았다. 하지만 그때 그의 눈에 들어온 그녀의 모습은 그가 알던 그 모습이 아니었다. 그녀는 간식은커녕 죽 한 입조차도 제대로 삼키지 못할 정도로 야위어 있었다.

"보호자분, 이제 환자분 이런 거 못 드세요. 못 드신 지 꽤 됐어요."

그렇게 간호사로부터 꾸짖음에 가까운 보고를 듣고 나서는 간식이 든 봉투를 들고는 도망치듯이 집으로 뛰어와야 했다. 집에 그것을 던져두곤 다시금 집 밖으로 나와 아무에게나 전화를 걸었다. 그날만큼은 맨정신으로 있기가 힘들 것 같았다. 술을 마셔야 했다. 누구여도 좋으니 함께 취해줄 사람이 필요했다.

그렇게 나와준 몇 없는 동네 친구를 만나서 병완은 평소보다도 빠르게 술을 들이켰다. 그의 친구는 몇 번이고 그의 마시는 속도를 지적하고 술잔을 잡은 손을 붙잡았지만 속수무책이었다. 사실 병완에게는 누구도 필요 없었던 거다. 다만 같이 마실 사람을 원했던 것은 함께 도란도란 이야기를 나누며 기분 좋게 취해줄 사람이 필요해서가 아니라 자신이 죽을 정도로 술에 취해도 되는 명분이 필요했기 때문이었던 거다.

당연한 이야기겠지만, 급하게 술을 들이켠 탓에 병완은 금세 화장실로 달려가 속을 게워내야 했다.

속을 다 비우고 나서도 하늘이 빙빙 돌고 있었다. 너는 무슨 술을 그렇게 무식하게 마시냐. 이제는 그러다 죽어 인마. 이거 자기가 아직도 청춘인 줄 알아. 친구의 얼굴은 보이지 않는데 그의 목소리는 귓가를 맴돌았다. 안간힘을 써서 대답했다.

"죽기는 누가 죽어. 우리는 절대 안 죽어."

"그러니까 이 자식아. 절대 안 죽으려면 좀 적당히 일하고 술도 적당히 마셔야지. 생각도 좀 밝게 하고."

생각을 밝게 한다라. 과연 내가, 나와 주란이가 마지막으로 밝은 생각을 하고 밝게 웃었던 때가 언제였을까. 주란이는 원래 생각이 예쁜 사람이니 그렇다 쳐도 나는. 그녀를 다시 건강하게 만들고 다시 웃게 해주겠다는 생각에 얼마나 많은 웃음을 포기하며 지냈던가.

하지만 웃고 싶어도 그게 안 되는 걸 어떡해. 매일 아침 부서질 것처럼 뻐근해져 있는 몸을 움직여서 일하러 나가야 하는데 그런 몸과 마음으로 어떻게 웃으라고. 다시금 울화가 치밀고 어떤 말 한마디가 입 밖으로 튀어나오려 하고 있었다. 그리고 병완은 지친 나머지 그 한마디 말이 입 밖으로 새어 나가도록, 그대로 둬버렸다.

"절대 안 죽을 거긴 한데 한편으론, 이제 좀 죽어줬으면 서로가…. 서로가 좀 편하겠다."

술기운이 단숨에 달아났다. 내가 지금 무슨 말을 한 거야. 두 손으로 입을 가리고 앞을 보니 친구가 넋이 나간 표정을 짓고 있다. 마찬가지로 놀란 표정을 짓고 있는 그에게 친구가 물었다.

"아니지? 실수한 거지?"

"내가 무슨 말을 한 거야. 아니야. 아니야 정말로."

"그치? 그렇지?"

"그럼. 아이고. 오늘은 내가 미안했다. 불러놓고 혼자
서만 마시고 실수까지 하고."

병완은 깨뜨린 그릇이라도 수습하는 것처럼 정신없
이 물건을 챙기고는 계산대로 가 술값을 치렀다. 그리곤
여전히 놀라서 앉아 있는 친구를 향해 다음에 제대로 한
잔하자고 말하곤 집이 있는 방향으로 뛰기 시작했다.

아무리 몸과 마음이 밑바닥까지 와 있더라도 뱉어도
되는 말이 있고 뱉어선 안 되는 말이 따로 있는 거였다.
친구 말고는 듣는 귀가 없었다지만 혹시 모르는 일이었
다. 말하는 대로 이루어진다고. 혹시라도 말에 정말 신비
로운 힘이라는 게 실리기도 하는 거라면. 그래서 내 말

때문에 혹시라도 주란이가 잘못돼 버리면 어떡하지.

더 빠르게 달렸다. 머리와 몸 주변에 진득하게 달라붙어 있는 부정적인 생각도 혹시 스며 있을지 모를 나쁜 말의 파장도 바람에 씻겨 날아가 버렸으면 하는 마음으로.

집으로 돌아와서는 또 한 차례 속을 비워냈다. 취한 와중에 쉬지도 않고 뛴 게 탈이 난 모양이었다.

드러누워 기절하듯 잠을 청했다. 그리고 늘처럼 자신을 삼키는 잠기운의 한가운데에서 작게 읊조렸다.

그 아이가 더 아플 텐데.
그 아이가 더 힘들 텐데.

＊

한 번 뱉은 말은 아무렇게나 쉽게 주워 담을 수 있는

게 아니었다. 그리고 몇 마디의 말들에는 정말로 어떤 힘이 실려 있는 것만 같았다.

그날 이후로 주란의 상태는 급격히 나빠지기 시작했고, 담당의와의 면담에서 병완은 결국 '마음의 준비를 하라'는 말을 들어야 했다. 혹시 더 좋은 약이나 더 정밀한 치료법 같은 것은 없는지를 물었다. 돈은 얼마가 들든 마련해 보겠다고 말했다. 의사는 말이 없었다. 다만 아래만 보았다. 아래만 보지 말고 말을 해보라고 보챘다. 그러니 고개만 양옆으로 저었다.

나는 당신의 얼굴을 어떤 얼굴로 바라봐야 할까. 어떤 말을 건네야 당신이 당신의 운명을 받아들일 수 있을까. 그렇게 생각하며 병실을 향해 걸었다. 아무리 걸어도 병실은 나타나지 않았다. 층 하나가 산봉우리 하나 같았다.

도착한 4인용 병실에는 아주 조용히 주란 혼자 누워 있었다. 이미 눈을 뜨지 못하고 입을 떼지도 못하게 된 그녀였다.

인사조차 제대로 할 수 없다. 너무나도 차갑고 쓰라린 현실이 그의 앞에 펼쳐졌다. 흐느껴 울 수밖에는 없었다. 병실에 주란 말고는 아무도 없었지만, 그가 큰 소리로 울면 주란이 그 깊고도 차가운 잠에서 깨어 아파하진 않을까 하는 마음에서였다.

그렇게 일주일을 채 못 넘기고 주란은 결국 숨을 거뒀다. 조촐한 빈소가 차려졌고 사람들은 언젠가는 일어났어야 할 일이 기어코 일어났다고 말하며 그 소박한 빈소로 모여들어 저마다의 가장 불쌍한 표정을 보여주곤 그곳을 떠났다. 그중 정이 많은 몇 명은 상복을 입고 서 있는 병완의 손을 붙잡고는 큰 소리로 불쌍해서 어떡하냐며 울어젖히기도 했다. 주란이 불쌍해서 어떡하냐고. 그리고 혼자 남은 김 서방 불쌍해서 어떡하냐고.

그 김 서방, 병완은 울지 않았다. 이따금씩 울음이 목을 뚫고 터져 나오려 해도 기어코 참아냈다. 그가 생각하기에 그에게는 그녀의 죽음 앞에서 억울해할 자격도 슬퍼할 자격도 없었기 때문이었다.

다 나 때문이다.

내가 못된 생각을 하고 못된 말을 내뱉어서 일어난 일이다.

그 생각이 그녀의 죽음 이후로 머리와 가슴 곳곳에 박혀서 그를 아무 일도 하지 못하고 아무 감정도 느끼지 못하게끔 만들었다. 밥을 먹는 일도 잠을 청하는 일도 그에겐 과분한 일이 됐고 그녀를 그리워하는 일도 애도하는 일도 슬퍼하는 일도 '감히' 해서는 안 되는 일이었다.

장례를 다 치르고 나서는 하나씩 주변을 정리했다. 이전까지의 생활을 꾸며주고 있었던 것들은 이제 지금의 그와는 전혀 어울리지 않게 된 것들이었다. 예쁜 것도 아기자기한 것도 그와 그녀에 관한 것도 이제는 다 필요 없었다.

하던 일도 그만두고 그나마 좁지만 깊게 맺고 있던 관계도 모조리 끊어버렸다. 저 멀리에서 친구의 얼굴이 보여도 반갑게 다가가 인사하는 대신 얼른 보이지 않는 곳으로 숨어버렸고 그를 진심으로 걱정하는 사람들에게도 냉큼 꺼지라고 말하며 험악한 표정을 지어 보였다.

길을 걷다가 마주치는 수많은 사람들을 향해서도 별다른 감정을 품지 않았다. 불쌍한 사람, 위기에 처한 사람이 보여도 눈을 반짝이지도 몸을 움직이지도 않았다. 오래전이었다면 이미 그들을 돕고도 남을 만한 상황 앞에서도 그저 바닥만 보고 가던 길만 걸을 뿐이었다. 사랑하는 사람 하나 지키지 못했는데 다른 사람들을 어떻게 구할 수 있을까. 결국 나는 누구에게도 도움을 줄 수 없고 다른 누구도 나의 삶을 구원할 수 없으리라는 생각만이 그의 머릿속에는 가득했다.

사람들도 점점 그를 잊거나 외면하기 시작했다. 처음에 취한 채로 길에 널브러져 있는 병완을 보았을 땐 모두가 눈물을 훔치거나 그를 일으켜 세우는 데 급급했지만, 그때마다 욕을 내뱉고 사방으로 주먹을 휘두르는 그의 모습을 한 번 두 번 겪으면서는 그저 혀를 차며 그가 쓰러져 있는 모습을 못 본 척하기만 했다.

그렇게 그는 정들었던 동네를 떠났다. 다시는 이곳으로, 그와 떠난 그녀의 추억들이 깃든 곳으로 돌아오지 않겠다고 다짐했다. 내가 만에 하나라도 다시 돌아오게 된다면, 그날은 내가 죽는 날일 거라고. 죽음을 코앞에 두고 나서야 비로소 모든 반성을 마치고 추억하기에도 과분한 사람을 추억하기 위해 찾아온 것일 거라고.

그 뒤로 긴 세월이 흘렀다. 도시의 이곳저곳에서 거리를 집으로 삼아 지내는 동안 그의 머리는 점점 흰 영역을 넓혀갔고 크고 강해 보였던 몸도 점점 바람 빠진 풍선처럼 쪼그라들기만 했다.

그리고 정말.
말한 그대로 된다고 했던가.

술에 취해 아무 방향으로나 걷고 또 걷던 그가 오래전 주란과 함께 살았던 도시의 이름이 적혀 있는 표지판을 멍하니 바라보고 있었을 때, 결국 돌아와 버린 거구나, 탄식하고 있었을 때, 그의 지쳐 있던 몸이 비틀거리다 비탈길 아래로 굴러떨어져 버리고, 그는 그 자리에서 허무하고도 의미 없는 죽음을 맞아야만 했던 것이다. 그의 오래전 다짐처럼 그렇게. 죽는 날이 다 돼서야 그곳으로 돌아왔던 거였다.

눈을 뜬 곳에는 흙먼지를 뒤집어쓴 옷도 피를 뒤집어쓴 그도 없었다. 아주 깨끗하게 다려진 흰색 셔츠를 입은 그가, 어느 수상한 전당포의 한가운데에 서 있을 뿐이었다.

4장

나를 더 살아보고 싶게 하는 사람

*

수민이 누워 가쁜 숨을 쉬고 있다.

잠을 자려고 깔아둔 매트리스는 출입문 기준으로 방
의 오른쪽 벽면에 있는데, 수민은 굳이 방의 한가운데에
드러누워 숨만 쉬고 있다. 어쩌다가 이부자리가 아닌 이
곳에 누워 있는지는 기억이 나지 않았다. 잠에서 깨고 보
니 방의 한가운데였다. 무슨 정신으로 드러누웠던 건지,
누워 있는 채로 얼마나 오랜 시간이 지났는지도 알 수 없
었다. 다만 천천히 숨을 들이마시고 뱉는 일에만 집중할
뿐이었다.

숨을 쉴 때마다 물기를 가득 머금은 스펀지를 쥐어짜

는 것처럼 힘없는 삐익 삐익 소리가 입으로부터 새어 나
왔다. 복수가 가득 차서 얇은 팔과 다리에 비해 놀라울 정
도로 부풀어 있는 배는 숨을 들이마시면 산처럼 부풀었
고 숨을 내뱉어도 여전히 언덕만큼은 튀어나와 있었다.

　　병이 이미 진행될 대로 진행되었다는 점, 그리고 이제
치료를 통해 호전될 수 없다는 것쯤은 수민도 잘 알고 있
었다. 의사가 아니라고 해도 눈으로 보는 것만으로 누구
나 병의 위중함을 알아챌 수 있을 것 같았다. 아마 내가
매트리스 위가 아닌 방 한가운데에 뻗어 있는 이유도 갑
작스러운 발작 때문에 자신도 모르는 새에 그 자리에서
고꾸라진 것이었겠지. 그녀는 한숨을 쉬며 아주 천천히
손을 뻗어 텔레비전 리모컨을 부여잡았다. 그리고 아주
작게 앓는 소리를 내며 전원 버튼을 눌렀다. 텔레비전이
경쾌한 알림음을 내며 화면을 송출하기 시작했다. 언젠
가 봤던 것만 같은 가요 경연 프로그램이었다. 얼굴도 모
르는 가수들이 신나서 노래를 부르고 있었다.

　　마침 그녀도 알고 있는 노래였으므로, 수민은 그 멜로

디를 따라 작게 노래를 불렀다.

우스운 일이었다. 팔다리조차 제대로 움직이지 못하고 숨조차 제대로 쉬지 못하는 와중에 텔레비전을 트는 이유는 무엇이었으며 그 안에서 흘러나오는 노래를 따라 부르는 이유는 무엇이었을까. 수민은 본인조차 본인의 행동을 이해하지 못하고 있다는 것이 우스워 작게 웃었다. 웃음과 동시에 어깨가 들썩거렸고 다시 몇 차례쯤 발작적인 기침이 이어졌다.

'환기를 좀 해둘 걸 그랬나.'

창문을 통해 저녁노을이 지기 전의 강렬한 햇볕이 쏟아져 내려오고 있었지만, 창가로 다가가 창문을 열 의지는 생기지 않았다. 어차피 창문을 열어봤자 나아지는 건 그다지 없을 것 같았다. 애초에 이 집에는 계절과는 상관없는 묘한 답답함이 흐르곤 했으니까.

창밖에서는 어떤 소리가 울려 퍼지고 있을까. 어떤 사

람들이 어떤 표정을 지으며 오가고 있을까. 그들 각각에게는 어떤 영화 같은 이야기가 벌어지고 있을까.

'생각해 보면 인생이⋯. 인생이 참 내내 구석에만 처박혀 있는 인생이었다.'

수민이 마음속으로 말했다. 구석에 처박힌 채로 이어져 온 인생. 그녀의 인생은 정말 그런 인생이었다. 나와는 관계없는 사람들. 나를 신경도 쓰지 않는 사람들이 세상의 중심에서 웃으며 춤추고 그녀는 그저 구석에서 숨만 붙어서 삶을 연명하기만 했다.

세상은 아름다웠다. 아름다운 부분도 분명 있었다.

다만 아름다운 부분이 있는 만큼, 아름답지 못한 곳도 있는 것이 당연한 이치였던 거고. 하필 나는 그 아름답지 못한 곳에 있었던 거고.

그렇다고 해서 내가 세상의 가운데에 있었던 적이 없

었다는 게 화가 난다거나 억울한 것은 아니었다. 처음 몸이 삐걱거리기 시작했을 때, 아니면 그보다도 한참 전에 어떤 일이든 자신이 마음먹은 대로 흘러가지 않거나 어쩌면 이 세상에 자신을 진심으로 위해주는 사람은 단 한 명도 없다는 것을 서서히 깨닫기 시작했을 때는 물론 무시무시한 현실 부정과 분노의 시간도 있었지만, 이제는 그런 감정을 품을 만한 여력조차 남아 있지 않았다.

어떤 학자의 주장에 따르면(물론 전부 다 인정하지는 않지만) 죽을병에 걸린 사람이 죽음을 받아들이는 단계가 몇 단계쯤 있다는데, 그리고 그 단계에 따르면 처음 몇 단계가 현실 부정과 분노이며 죽음을 받아들이는 단계, 즉 수용의 단계는 마지막의 마지막 단계라는데. 그렇다면 나는 벌써 그 수용의 단계까지 와버린 걸까. 죽음이라는 것이 내 코앞까지 다가와 있는 걸까. 하지만 그런 생각을 해도 눈물 한 방울 흐르지 않을 만큼 수민에게 죽음은 이미 당연하고 자연스러운 수순에 불과했다. 조금의 분노도 슬픔도 이제는 없었다.

물론 맨 처음 자신의 병을 알아챘을 때는 몇 번쯤 병원을 드나들기도 했었다. 그녀의 몸을 진료한 의사 역시 삶을 향한 의지를 놓지 않고 적절한 치료와 생활 습관 관리를 병행하면 분명 나아질 수 있을 거라고 말해왔지만, 그리고 그녀 역시 살아보고자 하는 마음이 있기는 있었지만, 점점 늘어나는 약의 종류와 그에 따라 늘어나는 병원비는 천천히 하지만 착실하게 그녀의 얼마 없는 재산을 갉아먹기 시작했다. 그야말로 삶의 역습이었다. 아무 생각도 없이 무모하게 살아왔던 것, 어느 정도의 안정적인 여유를 만들어두지 않고 삶을 향한 도전만을 계속해왔던 것에 대한 벌을 뒤늦게 얻어맞듯이 받는 것 같았다.

　그쯤부터 수민은 병원을 드나들기를 포기했고, 그렇게 삶의 의욕을 놓아버리는 순간 몸의 건강도 급속도로 안 좋아지기 시작했다. 그리고 그저 밤이 찾아올 때마다 질문을 던졌다.

　'내일이 있을까?'
　'아침에 눈을 뜰 수 있을까?'

그건 그녀에게 던지는 질문도 아니었고 다른 누군가를 향해 던지는 질문도 아니었다. 대답을 바라는 것도 아니었다. 어쩌면 하루라도 빨리 이 질문을 던지지 않을 날이 오기를 바라고 있었는지도 모른다.

그녀를 간호해 주는 사람도 나서서 그녀를 찾아와 걱정해 주는 사람도 없었다. 조금 더 나이가 많았다면야 국가에서 이렇고 저런 의료 복지를 베풀었겠지만, 이제 막 오십 줄에 들어선 애매한 중장년층인 그녀에게는 놀랍도록 그 누구도 관심을 주지 않았다. 바로 이런 것이 완벽하게 촘촘해지지 못한 복지 정책의 구멍이라는 생각이 그녀의 머리를 스쳤지만, 그 역시도 원망하지 않았다. 원망한다면야 건강하게 몸을 만들어두지 못했던 스스로를 원망해야 하는 거겠지. 다만 그렇게 생각할 뿐이었다. 텔레비전 속 가수의 노래가 클라이맥스를 향해 치달았다. 그 노래의 클라이맥스는 그녀가 따라 부르기엔 음이 너무 길고도 높았다. 숨이 넘어갈 것 같아 그 부분은 따라 부르지 않았다.

다시 잠이 들었었나 보다. 그리고 그건 아주 긴 잠이었던 것 같다. 잠들기 전엔 분명 저녁노을을 앞두고 있었는데, 다시금 창문을 통해 바라본 바깥의 하늘은 이제 막 해가 뜨려는 듯한 시간대 특유의 은은한 파란색이었다.

아무리 몸이 안 좋기로서니 초저녁부터 잠들기 시작해서 다음 날 아침이 올 때까지 한 번도 안 깨고 자다니. 수민은 혀를 끌끌 차며 심호흡했다. 언제까지고 이 자리에 누워만 있을 수는 없으니 몸을 일으켜야 하는데, 다음 날 아침을 분명하게 보장받지 못할 정도의 환자에겐 몸을 일으키는 간단한 일조차도 큰 힘을 들여서 해내야 하는 일이었기 때문이다. 오랜만에 깨지도 않고 잘 잔 덕분인지, 아니면 심호흡의 힘인지는 몰라도 무리 없이 몸을 일으킬 수 있었다.

어딘지 모르게 심심하다고 생각했다. 텔레비전은 켜져 있는 그대로였지만, 그간 지긋지긋하게 봐온 텔레비전을 계속해서 보고 싶지는 않았다. 심심한 게 아닌가? 배가 고픈 건가? 아닌데. 배가 고픈 건 아닌 것 같은데.

"나가볼까?"

그건 수민이 아주 오랜만에 품어본 생각이었다. 기력이 없는 건 둘째 치고, 복수가 찰 대로 차서 기괴할 정도로 배가 부푼 모습을 누구에게도 보여주고 싶지 않았기 때문에 한동안 현관을 나선 적이 한 번도 없었으니까. 끽해야 배달 음식을 갖고 들어오기 위해 아주 잠깐 문을 여닫은 게 전부였다. 그런데 나가보는 것도 괜찮겠다고 생각하게 된 건 어째서였을까. 그녀도 그녀의 그런 생각에 조금은 놀라고 있었다.

최대한 몸의 실루엣을 가릴 수 있는 펑퍼짐한 옷을 걸쳐 입고 신발을 신었다. 한동안 슬리퍼가 아닌 신발을 전혀 신지 않았기에 발을 온전히 감싸는 신발의 감촉이 낯설었다. 문을 열고 조심스레 그리고 아주 천천히 몸을 움직였다.

그토록 두려웠던 바깥세상은 생각했던 것만큼 두려운 곳이 아니었다. 물론 이른 아침이었기에 오가는 사람은 부지런히 학교로 향하는 학생들과 남들보다 조금 더 일찍 하루를 여는 사람들뿐이었지만, 그들은 놀라우리만치 그녀에게 관심을 주지 않았다. 하긴 세상에 얼마나 다양한 사람이 있고 그들 각자의 삶은 나름의 일들로 바쁠 텐데, 나를 볼 틈이 어디에 있겠어. 그녀는 그렇게 생각하며 안도의 한숨을 쉬었다.

정말이지 그녀에게 인사를 건네는 사람도 그녀를 아는 체하는 사람도 한 명 없었다. 그 사실은 아주 익숙한 쓸쓸함을 그녀에게 안겨주었지만 한편으로는 이대로 조금 더 산책해도 괜찮겠다는 안도감을 주고 있기도 했다. 그저 이렇게 가뿐한 몸으로 산책할 수 있다는 것만으로도 마음이 한결 괜찮아졌다.

아직 문을 열지 않은 가게들과 인적이 드문 골목 곳곳을 기웃거렸다. 이 동네에 산 지도 어느덧 이십 년이 넘었다. 그간 수많은 것들이 나타났다가 사라졌다. 그렇게 생각하니 수민이 이십 년 넘도록 이곳에서 숨이 붙은 채로 살아온 것은 일종의 기적처럼 여겨지기도 했다.

저 앞에서 걸어오던 한 노인이 이곳저곳을 둘러보며 걷다가 문득 그녀를 보고 눈을 휘둥그레 떴다. 아. 역시나. 어떤 사람은 내가 아프다는 걸 단박에 알아차리기도 하는구나. 그녀는 돌연 창피해져서 고개를 푹 숙이고는 얼른 노인을 지나쳤다. 이제 슬슬 집으로 돌아가야 하는 걸까. 아니야. 그래도 한 오 분만 더 걷다가 돌아가자.

저 앞에서 또 다른 사람 한 명이 걸어오는 것이 보였다. 아침부터 빵집에 다녀온 건지 길쭉한 바게트가 든 봉투를 팔 사이에 끼고 있었다. 다행히 남자는 조금 전의 노인처럼 그녀를 이상한 시선으로 보지는 않았다. 남자와 수민이 반대 방향으로 엇갈린다. 그리고 그때 수민의 등 뒤로부터 남자의 목소리가 들려왔다.

"저기요. 잠깐만요."

수민이 깜짝 놀라 뒤를 돌아봤다. 그리곤 대답했다.

"네? 저요?"

"네."

다행히 남자는 노인의 그것과는 다르게 무덤덤한 표정으로 그곳에 멈춰 서 있었다. 하지만 그 뒤에 뱉은 말은 수민이 살아오면서 들은 그 어떤 말보다도 충격적인 한마디였다.

"당신은 산 사람이 아니네요?"

수민은, 대체 그게 무슨 말이에요, 하고 신경질적으로 대답하려다가, 돌연 잠시 뒤에 얼굴에서 놀란 기색을 지우곤 차분하게 대답했다.

"결국 그렇게 된 건가요? 어쩐지 몸이 좀 가볍다 했는데."

"모르셨군요. 네, 안타깝지만, 그렇게 되신 것 같아요."

"그런데 누구신데요? 저승사자가 보통 빵을 드시나?"

그러니 남자는 팔에 끼고 있던 빵을 내려다보더니 멋쩍게 웃기 시작했다.

"아니요. 설마 제가요. 저 원래 못 봐요."

못 본다는 게 영혼은 못 본다는 말일까. 수민이 생각하는데 남자가 말을 이어갔다.

"그런데 선생님처럼 아주 가끔 보이는 분도 있죠. 이런 경우는 오랜만인데. 잠깐만요."

남자는 그렇게 말하더니 주머니에서 핸드폰을 꺼내 어딘가로 전화를 걸기 시작했다. 도대체 뭘 하고 있는 걸까. 나를 이렇게 불러 세워두고. 수민은 살짝 짜증이 나기 시작했지만, 텔레비전 속에 있는 게 아닌 실제 사람과 말을 섞은 것이 오랜만이고 또 반갑기까지 해서 잠자코 그 남자를 지켜보기만 했다.

남자는 전화를 거는 동안, 그러니까 아마 신호음이 몇 번 들려오는 동안에는 아무 말도 없이 수민을 응시하고 있다가, 이내 건너편의 누군가가 전화를 받았는지 금방 활짝 웃으며 통화를 하기 시작했다.

"네. 네. 제가 오랜만에 출장지에서 특별고객을 마주친 것 같아서요. 그래요? 이 사람이 맞아요? 네. 그렇게 하겠습니다. 감사합니다."

특별고객이라니 무슨 말이야. 그거 혹시 나를 보고 하는 말? 수민이 어리둥절해하고 있는데, 남자는 전화를 끊더니 '당신이 맞다네요'라는 알아들을 수 없는 말을 건네왔다.

"내가 맞다니요?"

"다 설명해 드릴게요. 일단 따라와 보세요."

수민은 남자가 아까부터 무슨 말을 하고 있는 건지 단하나도 제대로 이해하지 못했지만, 남자의 표정과 몸짓에는 조금의 숨김이나 긴장감도 담겨 있지 않아서 그로부터 묘한 신뢰감을 느끼고 있었다. 남자는 수민에게 이리 오라고 말하는 손짓을 보인 뒤에 다시금 가던 길을 앞장서서 걷기 시작했다. 수민은 어차피 오래 살지도 못할거, 아니, '이미 죽었을지도' 모르는 거 따라가 보기나 하자는 마음으로 그를 뒤따랐다. 남자의 걸음이 조금 전에봤을 때보다 확연히 느려져 있었다. 혹시 느리게 걸을 수밖에 없는 나를 배려한 걸까. 그녀는 그가 나쁜 사람인것 같지는 않다고 생각했다.

남자가 수민을 데리고 온 곳은 어느 허름한 전당포였다. 못해도 이십 년은 더 돼 보이는 곳이었다. 가게 앞에는 커다란 개 한 마리가 늘어져서 잠을 자다가, 수민을보고는 몸을 일으켜 그녀의 발을 핥아댔다. 수민은 그럴일은 없겠지만, 혹시라도 그 개에게 자신의 병을 옮길까 싫어 얼른 뒷걸음질을 쳤다. 그러니 개는 무안하지도 않은지 다시금 느긋하게 늘어져 눈을 감고 잠을 청하는 것이었다.

수민은 '나도 이곳에 산 지 꽤 됐지만 이런 곳도 있었구나.'라고 혼잣말하고는 주변을 필요 이상으로 두리번거리며 전당포 안에 발을 들였다.

"빵 좀 드릴까요? 아니면 차만?"

수민은 배가 전혀 고프지 않았으므로 차만으로도 충분하다고 답했다. 남자는 고개를 끄덕이고는 아주 느긋한 동작으로 차를 내리기 시작했다. 수민은 멀뚱히 서서 그가 차를 내리는 모습을 구경했다.

"다른 곳 구경하셔도 돼요."

남자가 허락하듯 말하고 나서야 수민은 전당포 곳곳을 둘러봤다. 묘한 설렘이 있었다. 누군가가 나를 이토록 의욕적으로 어딘가로 이끌었던 적이 있었던가. 또 누가 이렇게까지 내게 편의를 베푼 적이 있었던가. 전당포는 그냥 전당포였으나 그런 설렘들이 그녀의 기분과 시선을 특별하게 만들어주고 있었다. 남자가 차를 다 내렸는지 헛기침을 했다. 수민이 뒤를 돌아보니 남자가 손짓으로 의자 하나를 가리키며 앉으라고 말했다.

다시금 긴장되기 시작하는 마음. 수민이 물었다.

"저를 왜 여기로 데리고 오신 거예요?"

"허수민 씨."

내가 이름을 알려줬던가?

"이미 한번 말씀드렸지만 허수민 씨는 사망하셨습니다."

"네. 그건 아까부터 받아들이고 있었어요."

"그리고 수민 씨가 저를 만나서 이곳에 와 있는 것도 전혀 우연이 아니죠."

이게 무슨 말이지? 내가 숨을 거둔 순간부터 내가 동네를 떠돌게 되고 그러다가 이 남자를 마주치게 된 모든 흐름이 다 정해져 있었던 일이라는 건가? 그러면 이 남자는 누구지? 이 공간은? 수민은 두려워하기 시작했다. 혹시 이곳이 말로만 듣던 천국행과 지옥행을 판가름하는 심판대 비슷한 것이 아닐까 해서. 아무리 지난 삶이 고달프고 다가온 죽음을 담담히 받아들였다고 하더라도 지옥으로 떨어지는 것은 다른 얘기였다. 사실인지는 모르지만 전해 듣기로는 지옥에 떨어지면 평생에 가까운 시간 동안 고문받거나 끔찍한 노역만 반복한다던데. 수민은 처절한 마음으로 자기변호를 시작했다.

"제가 제 앞가림만 하는 데에도 급급해서 남들은 못 돕고 살았지만 그래도 잘못은 한 적이 없거든요? 그래요. 길 가다가 도와달라고 하는 사람 몇 번 뿌리친 적은 있지만 그래도 일부러 피해를 준 적은 없는데…. 원래 돈

많은 사람이 친절하고 착한 사람 되기에도 쉬운 거 아닌가요? 힘없고 돈 없는 사람도 사랑은 못 받더라도 벌을 받을 필요는 없는 거 아닌가요?"

전당포의 남자는 그녀의 말을 듣고 내심 놀랐다. 내내 무기력하던 모습은 온데간데없이 이렇게까지 빠르고 크게 말할 줄 아는 사람이었다니. 그나저나 앞에 앉아 있는 여자가 뭔가 단단히 오해하고 있는 모양이었다. 혹시라도 나를 정말 자신을 천국 또는 지옥으로 보낼 것을 결정하는 심판관 같은 거라고 생각하고 있는 건가? 하지만 얼마간은 잠자코 듣고 있어도 괜찮을 것 같았다. 모로 가도 서울만 가도 된다고. 원래 내가 하는 일이 일단은 사람들 이야기 들어주는 일이긴 했으니까.

수민은 아무 말도 없는 남자의 얼굴을 보고는 더 이야기할 게 없는지 고민하기 시작했다. 무슨 말을 더 해야 할까. 무슨 말을 더 해야 나를 지옥으로 떨어뜨리지 않을까. 태어나면서 지금까지의 불쌍했던 삶에 대해서 늘어놓는다면 조금이나마 정상참작이 될까?

"저는…. 태어나서 죽을 때까지의 제 삶을 되돌아보면요. 단 한 번도 따뜻했던 적이 없었던 것 같아요."

남자가 고개를 끄덕였다. 계속 말해보라는 것처럼.

"인생 자체가 그랬어요. 어쩌면 그렇게도 풀리는 일이 없었는지. 열정이 있고 없고, 일머리나 사업 수완이 있고 없고를 떠나서 모든 일이 제대로 풀린 적이 없었어요. 물론 아주 잠깐, 잘 나갔던 시절도 드문드문 있기는 있었죠. 학교에서 가장 똑똑한 학생이라는 칭찬도 들은 적 있었어요. 대학교도 나름대로 잘 갔고요. 하지만 뭐가 좀 잘되려고 하면 주변에서 일이 생기고 가족이 아프고. 돈이 없어서 학교도 그만둬야 했고. 그런 일이 많았어요."

"그래도 사람들과의 관계에서 따뜻함을 얻을 수도 있었을 텐데."

"그렇다고 생각했죠. 그래서 인생이 아름다운 거라고. 결국엔 내 삶도 사람으로 인해 아름다워질 거라고. 근데 저는 어쩌면 거의 한 번도 사랑받지 못했던 것 같아요."

"한 번도?"

"네. 애초에 아버지가 누군지도 모르고, 어머니는 어째선지 제게 늘 매정하기만 했어요. 그러다 일찍 돌아가셨고요. 돌아가실 때까지도 사랑한다는 말 한 번 못 들었죠."

"저런."

"물론 진심으로 나를 사랑해 줬던 사람도 있었을지 몰라요. 하지만 아시다시피 끝이 안 좋으면 그전의 좋았던 기억들도 사실과는 상관없이 다 오염되고 퇴색돼 버리곤 하잖아요? 사랑도 했었고 결혼도 했었지만 그 사람은 사실 나를 사랑하지 않았던 거죠. 우리 어머니한테 아버지가 그랬듯, 하루아침에 세상에서 사라져 버리더라고요."

"갑자기요?"

"네. 그리고 몇 년이 흐른 뒤에 알게 된 게, 내가 아닌 다른 사람을 사랑하게 돼서 그 사람과 살림을 차리느라 하루아침에 도망가 버린 거였어요. 우습죠. 그냥 솔직하게 말하지. 사람을 몇 년 동안이나 기다리게 만들고."

남자는 아무런 대답도 하지 않았다. 수민 역시 더는 할 말이 남아 있지 않았다.

"아무튼 그래요. 그렇게 혼자 살다가, 가족도 친구도 없이 고독하게 지내다가 여기까지 왔어요. 소일거리로 겨우겨우 밥 벌어 먹고사는 일 말고는 이렇다 할 즐거운 일도 대단한 일도 없었어요. 참 나. 이런 인생이 다 있네."

남자가 아무런 말도 없이 수민을 바라보고 있었다. 수민은 다시금 다시 잔뜩 겁을 먹었다. 무슨 말이라도 좋으니 좀 해봐요. 남자가 천천히 입을 열었다. 아주 미세하게 미소를 짓는 입 모양이었다.

"그러니까 그렇게 힘들고 기구한 삶이었잖아요? 행

복하지 못한 삶이었고."

"네."

"세상에는 사실 행복 할당제라는 게 있어요."

"행복 할당제?"

"사람마다 행복의 시기는 다르게 나타나지만, 그래도 최소한의 행복의 양은 동등하게 주어진다는 말이에요."

"하지만 저는 이번 삶에서 그다지 행복하지 못했던 것 같은데요."

"그러니까요. 하지만 한 사람의 삶, 더 자세히 말하자면 한 영혼의 삶의 흐름은 한 번 태어났다가 죽음을 맞는 것으로는 끝나는 게 아니거든요. 다음 삶도 그다음 삶까지도 이어지는 거거든요."

"저한테 다음 삶이 있다고요? 바로 천국이나 지옥으로 가는 게 아니라?"

"네. 그러니까 수민 씨처럼 사는 동안 불행했던 사람들에게는, 다음 생에서는 확정적으로 어느 정도의 행복을 보장해 드린다는 말이에요. 그 행복의 기준이라는 게 사람마다 다르긴 하겠지만요."

"그럼 다음 생에서는 부자로 태어난다거나 모두로부터 사랑받는다거나 할 수도 있다는 말이네요?"

"그렇죠. 저는 그 과정에서 수민 씨가 바라는 것을 가장 먼저 확인하고 메모해 두는 역할을 하고 있는 거고요. 꽤 체계적이죠? 다는 못 알려드리지만, 아무튼 그렇습니다."

"그럼 천국이나 지옥은요?"

그건 그렇게 몇 번의 삶이 다 흘러가고 난 다음의 이야기에요. 남자가 답했다. 몇 번의 삶을 선하게 살아낸 사람은 천국으로 가고 반대로 무의미하게 낭비하거나 주변 사람들에게 상처를 준 사람은 마땅히 지옥으로 가겠죠. 그리고 이제는 감이 잡히셨겠지만, 그건 제가 결정하는 일이 아닙니다. 저는 그저 중계해 주는 역할을 할 뿐이에요. 관공서 직원 정도로 생각해 주시면 돼요.

"그러면 그 혜택이라는 게 뭔데요?"

남자는 그녀의 말을 듣고는 '여러 가지가 있죠'라고 대답했다. 그리고는 그녀에게 제공될 수 있는 몇 가지의 혜택에 관해서 설명하기 시작했다. 말했듯이 행복의 기준은 다양해서, 당사자가 무엇을 선택하느냐에 따라 다른 혜택이 제공됩니다. 부가 중요한 사람에게는 재물운이 주어지고 사랑이 중요한 사람에게는 사랑스러움이 주어지죠. '그 외의 가치'를 추구하는 사람에게는 그에 맞는 것들이 주어지고요.

"그 외의 가치?"

"이를테면 내가 아닌 다른 사람의 행복 같은 것? 그런 걸 선택한 사람에게는 그 사람에게 부자가 될 기회를 선물하거나 꿈에 나타나 기분 좋은 소식 같은 것을 만들어 주고 갈 수 있는 식이에요. 정말 사랑하는 사람이 있었다면, 마지막으로 인사를 건네고 갈 수도 있죠. 그게 곧 그 사람의 행복 또는 나의 행복이 된다면 말이에요."

단, 중복 선택은 안 되죠. 남자는 눈을 가늘게 뜨며 덧붙였다. 수민은 생각했다. 세상의 그 어떤 일이건, 그러니까 그게 신적인 존재들이 하는 일이 됐다고 해도 참 계산적이기는 마찬가지구나. 그나저나 다음 생의 부와 명예, 인기 같은 걸 마다하고 남의 행복을 바라며 떠나는 사람이 있기는 있을까? 아마 없을 거야. 세상에 그런 사람이 어디에 있겠어.

그때 문득 어떤 얼굴 하나가 스쳤다. 그 얼굴은 그녀가 사랑했던 사람, 한때 사랑이라고 믿었던 사람의 얼굴도 아니었고 이제는 얼굴조차도 제대로 기억나지 않는 가족들의 얼굴도 아니었다. 그녀와는 아무 인연도 없는 사람의 얼굴이었다. 어쩌면 그 얼굴의 주인조차 그녀를 기억하지 못할 정도로 남남인 사이의.

지금으로부터 이 년쯤 전이었을까. 수민이 자신이 걸린 병의 심각성을 서서히 깨닫고 있을 때의 일이다.

그때 그녀는 온갖 부정적인 감정들 속에서 허우적대고 있었다. 슬픔과 억울함, 분노와 질투와 같은 감정들 때문에 단 하루도 편히 잠을 이루지 못했다. 길을 걷다가도 당장 내가 정신을 잃고 쓰러지면 어떡하지. 밟고 서 있는 땅이 무너져 내리면 어떡하지. 머리 위에서 간판이 떨어지면 어떡하지. 건물이 무너지면 어떡하지와 같은 온갖 걱정들이 그녀를 괴롭혔다.

그날도 그랬다. 길을 걷다가 문득 나들이를 나온 것으로 보이는 가족이 눈에 들어왔다. 어떤 비밀도 불신도 없이 신뢰와 사랑으로 함께하는 부부와 그 아래에서 바르게 자라고 있을 아이, 모두의 사랑을 한 몸에 받고 있을 작고 하얀 강아지까지.

그건 수민의 삶의 모습과 정확히 정반대에 있는 삶이었다. 과연 저 사람들에게 부족함이라는 개념이 있기는 할까. 나와 저 사람들은 왜 이렇게 다른 삶을 살고 있을까. 시작점이 달랐던 걸까. 난 계속 그들의 모습을 바라보기만 하는 역할이어야만 하는 걸까. 그저 이렇게 살다가 죽어버리고 마는 걸까. 다음 생에서는 좀 다를까. 다음 생이 있다고 해도 내가 저 사람들처럼 행복해질 수 있을까? 만약 또 이것과 별반 다르지 않은 삶이 펼쳐진다면?

숨이 쉬어지지 않았다. 고개를 숙이고 두 손으로 목을 부여잡고 억지로라도 숨을 쉬어보려 해도 소용이 없었다. 고개가 저절로 앞으로 고꾸라지고 다리가 꺾여 몸이 통째로 주저앉았다.

누가. 누가 좀 살려주세요.

말하려고 해도 목소리가 나오지 않았다. 죽음은 이런 식으로 오기도 하는가. 수민이 온몸으로 식은땀을 흘리며 당황하고 있는데. 그때 수민의 등 뒤에서 다소 서늘한, 조금은 차갑기까지 한 어떤 감각이 느껴졌다.

누군지 모를 여자 한 명이 자신의 등 뒤에 손바닥을 대고 그녀를 내려다보고 있었다. 누구지? 내가 이런 사람을 알고 있었나?

"괜찮아요?"

괜찮다고 대답하려 했는데 대답이 나오지 않았다. 괜찮지 않은 거구나. 괜찮지 않아요. 그 말 역시 나오지 않았다. 여자는 두 손으로 수민의 어깨를 부축해 그곳으로부터 가장 가까운 건물의 현관으로 이끌었다. 아무래도 거리 한가운데에서 쪼그려 앉아 있으면 사람들로부터 이상한 시선을 받기에도 쉽고 누군가의 발에 챌 수도 있겠다고 판단한 모양이었다.

여자는 현관 앞 낮은 계단에 편하게 걸터앉게끔 하고는, '여기에 잠깐만 계세요'라고 말하곤 어딘가로 분주

하게 달리기 시작했다. 그리고 얼마나 지났을까. 다시 나
타난 여자의 손에는 생수병과 포일로 포장한 김밥 한 줄
이 들려 있었다.

"일단 이 물부터 마셔봐요. 속 좀 뻥 뚫리게."

수민은 그녀가 건넨 물을 천천히 마셨다. 정말 목이 적
셔지니 조금씩 호흡이 돌아오기 시작했다. 목소리가 나
오는 것을 확인하자마자 그녀에게 감사의 말을 건넸다.

"고마워요."

"아니에요. 그렇게 괴로워하고 있는데 어떻게 그냥 지
나쳐요. 그리고 이거 김밥인데 이것도 좀 몇 개 드세요."

"김밥이요?"

"네. 똑같은 증상일지는 모르겠지만, 저도 옛날에 한
창 힘들 때가 있었거든요. 그때 뭘 안 먹으면 마음이고

몸이 더 괴롭더라고요. 괴로운 와중에 뭐라도 입에 들어가면 조금이라도 살만해졌었고요."

수민이 어떻게 반응해야 할지를 몰라 가만히 앉아만 있자 여자는 그녀의 옆에 나란히 앉아 먼저 하나를 자기 입에 넣고 우물우물 먹기 시작했다. 그리곤 나머지 김밥을 그녀의 얼굴 앞에 내미는 것이었다. 아마 길가에 앉아 혼자 뭘 먹는 것이 무안할까 봐 함께해주는 거겠지. 수민은 그 마음이 고마워서 그녀가 건넨 김밥을 그녀와 마찬가지로 입에 넣고 씹기 시작했다.

아, 이건 무슨 김밥일까.

전에도 이렇게까지 맛있는 김밥을 먹은 적이 있었던가. 수민은 깜짝 놀라 손에 들린 김밥을 내려다보았다. 내용물도 포장도 특별한 것은 없는 보통의 김밥인데. 이건 만든 사람의 손맛이 좋은 걸까 아니면 단지 내가 굶주려 있었기 때문일까. 마지막으로 뭘 먹은 게 언제였는지도 기억이 안 날 만큼 오랫동안 공복 상태였기로서니 이렇게까지 김밥이 맛있을 일인가.

수민이 김밥 한 줄을 앉은 자리에서 다 먹을 때까지는
못 해도 이십 분은 넘는 긴 시간이 필요했다. 김밥이 아
무리 맛이 있다고 해도 기본적으로 수민은 무거운 병을
앓고 있는 환자였고 특히 그날은 그녀조차 놀랄 만큼 몸
이 무너져버린 날이었으니까. 하지만 수민에게 김밥을
건넨 그 여자는 그 긴 시간 동안 수민의 옆에서 가만히
그리고 조용히 자리를 지켜주었다.

"잘 먹었어요."

"이제 집으로 돌아갈 수 있겠어요?"

여자가 물었고, 수민은 말로 대답하는 대신 몸을 일으
켰다. 몸은 여전히 무거웠지만 그래도 조금만 애쓰면 집
까지 느리게나마 걸어갈 수 있을 것 같았다. 그래. 언제
까지 여기에 앉아 있을 수는 없지. 이제 곧 저녁도 될 테
니 공기도 점점 쌀쌀해질 것이었다. 참. 그래도 그렇지.

내 정신 좀 봐.

"물이랑 김밥이요. 그냥 얻어먹을 수는 없어서."

"괜찮아요."

제가 혼자 나서서 사다 드린 건데요. 그냥 누가 엘리베이터 문 안 닫히게 잡아준 것처럼 작은 도움 한 번 받았다고 생각해 주세요.

이 사람은 도대체 누구일까. 나이는 나와 그다지 차이나지 않는 것 같은데. 어쩌면 이렇게 사람이 다정한 걸까. 그것도 얼굴 한 번 본 적 없는 사람에게. 역시 세상은 불공평하구나. 하여튼 신기한 사람이다. 수민은 고맙다고 고개를 숙이고는, 그럼 가보겠습니다, 말하고 집 방향으로 걷기 시작했다. 그리고 다시 한번 비틀.

"어머. 안 되겠어요."

정말 안 되겠군. 수민은 빠르게 긍정했다.

"제가 댁까지 모셔다드릴게요."

"아니요. 그건 좀."

"왜요?"

"가야 할 곳 있는 거 아니에요? 가족들이 기다린다든가."

수민이 그녀에게 그렇게 물은 이유는, 그녀가 장바구니를 손에 들고 있기 때문이었다. 장바구니 안에는 두부나 양파, 배추와 같은 식료품들이 담겨 있었다. 그러니 만일 그녀가 정말로 장을 보고 집으로 돌아가는 중이었다면, 그녀와 그녀가 차린 밥상을 기다리고 있는 누군가가 있지 않을까 해서.

여자가 수민의 얼굴과 자신의 장바구니를 번갈아 보고는 작게 웃었다.

"그런 거 없어요. 저 혼자 사는데요?"

"아, 그럼 손에 있는 장바구니는···."

"네. 나 혼자 밥 만들어 먹으려고 장 봤죠."

"그렇구나. 죄송합니다."

미안하긴 뭐가 미안해요, 여자는 그렇게 말하고는 수
민의 팔을 부축하는 모양새로 그녀에게 가까이 붙어 섰
다. 다 괜찮으니 이제 얼른 출발하자고 말하는 것처럼.

결국 수민은 여자의 적극적인 태도를 끝내 거절하지
못했고, 사는 집 앞까지 그녀와 함께 천천히 걸어가기 시
작했다.

집으로 가는 동안에는 별다른 대화를 나눈다거나 하
진 않았다. 애초에 모르는 사람에게 진지한 속이야기를
터놓을 만큼 사람을 좋아하지 않는 그녀였고, 가벼운 대

화를 나눌 만큼 사회성이 좋은 사람도 아니었다. 또 그녀
와 함께 걷는 여자 역시 아무 말도 안 해도 그다지 불편해
하지 않는 사람, 당신이 말을 하지 않겠다고 생각했다면
그 결정마저 존중하겠다고 말해줄 것 같은 사람이었다.

"여기가 우리 집이에요."

낡아빠진 연립주택 앞에서 수민이 멋쩍은 듯 말하니,
여자는 그래도 무사히 도착해서 다행이네요, 라고 말하
며 활짝 웃었다.

"그럼 저는 이만 가볼게요. 우리 집까지 가려면 또 조
금 분주하게 걸어야 할 것 같아서."

수민이 그녀를 향해 고개를 꾸벅 숙였다. 그러곤 말
했다.

"오늘 정말 고맙고 죄송했습니다."

여자가 다시 한번 웃는다.

"뭘요. 나이도 나랑 별로 차이 안 나는 것 같은데. 동네 친구가 한번 도와줬다고 생각하세요. 갈게요."

그녀는 정말 그렇게 말하곤, 뒤도 한 번 돌아보지 않고 왔던 길을 가버리는 거였다. 수민은 그 뒷모습을 계속 쳐다봤다. 쳐다보면서 계속 고개를 갸우뚱거렸다. 저렇게 순수하게 남을 돕는 사람이 정말 있을까. 그냥 지나쳐도 됐을 법한데 굳이 나를 일으켜 세우고 굳이 달려가서 나를 위한 마실 거리와 먹을거리를 사 오고, 또 굳이 자신의 방향과 다른 방향으로 나를 데려다줄 수 있는 마음의 원동력은 어디에서 나오는 걸까 하고.

수민이 지금껏 살아오면서 보거나 만난 사람들은 죄다 겉으로만 착하고 친절한 사람들이었다. 봉사랍시고 자기만 편한 도움을 베풀고, 조금만 번거롭거나 더러운 일이라면 약삭빠르게 멀어져 버리는 사람들. 지갑 안에 차고 넘치는 돈으로 선심 쓰듯 착한 사람이 되기를 선택했던 사람들. 그런 사람들의 선함에는 늘 '선하게 있는 것' 말고도 다른 목적이 있었다.

그런데 그녀는 달랐다. 알 수 없을 정도로 신비한 선함이었다. 그래서 그녀의 얼굴도 목소리도 그녀가 건넨물의 온도감과 김밥의 맛도 좀처럼 잊히지 않았다. 계절이 흘러도 기억이 선명했다. 심지어 수민이 죽음을 맞고 난 이후에 이르기까지.

"호오, 그래도 그렇지. 다음 생에 부자가 될 수도 있고 사랑받을 기회를 마다하고 그 사람을 보러 가는 데에 혜택을 쓴다고요?"

"정확히는 보러 가는 게 아니라, 꿈에 나타나서 고마웠다는 말을 좀 해보면 어떨까 해서요. 생각나는 사람이 그 사람 말고는 없네요."

아니, 사실은 고맙다는 말보다는, 왜 그렇게까지 나한테 친절했었나. 그게 지금까지도 궁금해서요. 수민이 나지막이 말했다.

"그게 허수민 님의 결정이라면 저는 굳이 말리지는 않습니다."

"네. 그래볼게요."

"그래도 다행인 건요. 그분을 만나러 가자마자 바로 만남을 결정할 필요는 없다는 점이에요. 하루든 이틀이든, 시간제한 같은 것 없이 원하는 만큼 그 사람을 옆에서 지켜보다가 그 뒤에 결정하셔도 됩니다. 신중히 생각해 봤는데 그래도 이 사람을 꿈에서 만나 이야기해야겠다 싶으면, 그때 결정해도 됩니다."

"그건 정말 다행이네요."

"물론 그 단계에서 아름답다고 생각했던 사람으로부터 추함을 발견하기도 하고 환멸감을 느끼기도 해서 그냥 부자로 다시 태어나거나 하는 쪽으로 생각을 바꾸시는 분이 많이 생깁니다."

"그럼 저도 그렇게 할게요. 어떤 사람인지, 그때 저를 도왔던 그 마음이 어떤 마음이었는지를 옆에서 보기만 해도 알게 된다면, 아니면 제게 베풀었던 그 다정함이 사실은 별것 아니었다는 생각이 들면, 그냥 안 만날게요. 저도 그때 부자로 태어나든지 할게요."

편하신 대로 결정하시죠. 전당포의 남자는 몇 번 고개를 끄덕였다. 수민과 남자 사이에 정적이 흘렀다. 그래서 뭐요? 어떻게 그 사람을 보러 갈 수 있죠?

"아! 제가 설명을 안 드렸구나. 그냥 여기서 문을 열고 나가시면서 그 사람을 생각하면 됩니다. 그러면 문 열고 나간 곳에 그 사람이 있을 거예요."

남자가 하는 말은 역시나 좀처럼 이해가 되지 않는 말들이었다. 죽음과 죽음 이후의 이야기만으로 충분히 혼란스러웠는데. 문을 열고 나가면 다른 곳으로 도착해 있을 거라니. 전당포의 남자는 그런 초현실적인 이야기를 표현 하나 안 변하고 계속 뱉어댔다. 그분을 얼마간 지켜보시고, 바로 다음 생을 선택할지 아니면 그 사람의 꿈속에서 그 사람을 만날지를 결정했다면, 또 제 얼굴을 생각하시면서 가까운 아무 문이나 열고 들어가시면 이곳으로 와 계실 거예요.

이제 조금 감이 잡히는 것 같았다. 그런 식으로 이곳저곳을 오갈 수 있는 거군. 수민은 알겠다고 대답하곤 앉은 자리에서 일어서서 뒤를 돌아 거침없이 문을 향해 걸었다. 걸음걸이는 한결 더 가벼워져 있었다. 묘한 설렘과 반가움이 마음속에서 들끓고 있었다.

＊

전당포 문을 열고 도착한 곳은 어느 낡은 빌라 앞이었다.

낯익은 곳이었다. 언젠가 몇 번쯤 오가며 스친 골목. 수민이 사는 곳과는 제법 멀리에 있지만, 같은 동네의 이름으로 묶여 있기는 한 곳.

이곳에 사나 보구나. 시간은 아직 오전이었으므로 인적은 여전히 드물었다. 수민이 빌라 현관 안쪽으로 고개를 들이밀며 기웃거렸다. 몇 해 전 그녀를 도와준 그 여자는 눈에 보이지 않았다. 어디에 있다는 거지? 얼굴은 분명히 기억하고 있으니 내가 못 알아볼 리는 없는데.

그때 지하 세대의 문이 열렸다. 그리고 수민이 기억하는 그 얼굴의 주인이 문을 나서는 것이 보였다. 수민은 자신도 모르게 잔뜩 움츠리며 빌라 바깥으로 나와 숨었지만, 이내 자신이 사람들의 눈에 보이지 않는 존재가 됐다는 것을 다시금 깨닫곤 도로 고개를 돌려 여자가 계단을 오르는 것을 보았다.

그래도 이 년이라는 시간이 흘렀는데 여자는 놀랍도록 그때 모습 그대로였다. 여전히 기본적으로 미세한 미소가 깃들어 있는 얼굴이었고 기억이 맞았다면 그때의 그것과 똑같은 장바구니가 손에 들려 있었다. 장을 보러 가는 모양이었다.

"부지런하기도 하지. 난 해봤자 배달이었는데. 혼자 살면서도 밥을 잘 지어 먹는구나."

수민이 감탄하며 말했지만, 여자는 대답하지 않았다. 확실히 그녀의 말이 안 들리고 그녀의 형태 역시 안 보이는 모양이었다. 여자가 빌라 바깥으로 나와 마트가 있는 방향으로 걷기 시작하고, 수민은 그녀에게 거의 달라붙다시피 가깝게 걸으며 그녀를 관찰했다.

수민이 바라본 여자는 그다지 형편이 좋은 사람 같지 않았다. 오래된 빌라의 지층에 사는 것도 그랬지만, 마트에서도 아주 가격을 꼼꼼히 따져가며 물건을 고르고 있었다. 할인 행사 중인 상품인 줄 알고 장바구니에 담았던 물건이 어제부로 할인 대상이 아니게 됐다는 말을 듣고는 '그럼 이거 그냥 안 살게요. 도로 갖다 두고 오겠습니다.'라고 말하며 제법 먼 거리의 진열대까지 다녀오기까지 했다. 끽해야 천 원 차인데. 나라면 귀찮아서라도 그냥 사겠다. 수민이 옆에서 훈수를 뒀지만, 그녀에게 들릴 리가 없었다.

여자는 장을 보고는 다시 천천히 걸어서 그녀의 집으로 돌아갔다. 수민 역시 그녀를 따라 집으로 들어섰다. 허락도 받지 않고 남의 집에 발을 들이는 게 처음에는 조금 거리껴졌지만, 그래도 어쩔 수 없었다. 그녀를 지켜보고 마음의 결정을 내리는 것 역시 본인에게는 꽤 중요한 일이었으니까.

여자는 집에 돌아오자마자 냉장고를 정리하고, 식탁에 앉아 뜨개질을 하기 시작했다. 섬유가 까슬까슬한 것으로 보아 수제 수세미를 만드는 모양이었다. 수민은 '수세미까지 만들어서 쓰나' 생각하며 옆에 서서 그녀를 바라보았는데, 가만히 보니 그 수세미들은 본인이 직접 쓰려고 만드는 것 같지는 않다는 생각이 들었다. 직접 쓰기 위해 뜨는 거면 두어 개 정도로 충분할 텐데, 똑같이 생긴 수세미를 스무 개는 넘게 만들어서 비닐백 안에 포장하고 있었기 때문이다. 아무래도 그것을 만들어서 어딘가에 갖다 파는 모양이었다.

해가 질 때까지 뜨개질은 계속됐다. 여자는 창밖이 깜깜해지고 나서야 눈을 비비고 허리를 이리저리 움직이고는, 하품을 하며 침대로 향해 몸을 뉘었다. 텔레비전을 틀고는 그것으로부터 흘러나오는 노래를 따라 불렀다. 수민은 그녀의 그런 모습으로부터 소소한 동질감을 느꼈다.

그렇게 얼마나 시간이 더 흐른 걸까. 채 한 시간도 지나지 않아 여자는 작게 코를 골기 시작했다. 수민은 안경도 벗지 않은 채로 잠든 여자를 오랫동안 바라봤다.

"이렇게 별 볼 일 없이 살면서."

그래. 이렇게 별 볼 일 없이 살면서. 끽해야 이런 뜨개질로 돈벌이를 하고 마트에서 천 원 더 쓰는 것도 무서워하면서. 무슨 여유가 얼마나 있다고 이 여자는 나를 도와 줬던 걸까. 생판 남남이었던 나를.

잠든 여자는 여전히 대답이 없었다. 수민은 밤이 깊어지고 다시 새벽이 밝아올 때까지 그녀를 계속해서 바라보았다. 이미 몸이 죽어버린 뒤인지 잠이 오지 않았기 때문이다. 또 혹시라도 그녀를 계속 보고 있다 보면, 어떤 답이라도 얻을 수 있지 않을까 싶기도 했고.

다음 날에도 여자의 생활은 별다를 게 없었다. 아침에 일어나 하품을 하고 간단히 한두 가지의 반찬을 곁들여 밥을 먹었다. 빨래와 설거지를 부지런히 해치우곤 다시금 침대에 누워 텔레비전을 보았다.

그렇게 낮 두 시쯤 됐을까. 여자는 시계를 한 번 보더니 몸을 일으켜 어제까지 떠서 둔 수세미들을 손가방에 담고는 집을 나섰다. 아마도 어딘가로 가서 그것들을 팔려는 모양이었다. 어디로 가려나. 거리에서 팔려나? 아니면 복지 센터 같은 곳?

그녀가 또 부지런히 걸어서 도착한 곳은 오래된 상가에 있는 아주 자그마한 뜨개질 공방이었다. 수민과 그녀보다 열 살은 어려 보이는 주인이 그녀를 반갑게 맞아주었다.

"이번에도 많이 뜨셨네요?"

"집에 앉아만 있으면 심심해서요."

공방 주인은 능숙한 손짓으로 수세미의 개수를 세곤, 금고에서 오천 원짜리 지폐 한 장과 천 원짜리 지폐 네장을 꺼내 여자에게 건넸다.

"더 많이 챙겨드리지 못해서 죄송해요."

"무슨 소리. 이것만으로도 얼마나 고마운데요."

여자는 주인에게 몇 번쯤 더 고개를 숙여 인사하고는 공방을 나섰다. 그리곤 다시 그녀의 집이 있는 방향으로 걷기 시작했다.

참 시시하게 산다.

수민은 약간의 연민을 섞어 그녀의 뒷모습을 바라보았다. 그녀는 여유로운 발걸음으로 동네 곳곳에 시선을 던지며 집을 향해 걷고 있었다.

별안간 여자가 걸음을 멈춘다. 그리곤 어딘가를 가만히 응시하기 시작한다. 무슨 일인가 싶어 수민 역시 여자가 바라본 곳으로 시선을 옮기는데, 거기에는 남매로 보이는 어린이 두 명이 서 있었다. 머리가 덥수룩한 남자아이와 그보다 몸이 훨씬 작은 여자아이가 나란히 서서 어딘가를 바라보고 있었다. 옛날 통닭을 파는 가게였다.

"오빠 나 치킨 먹고 싶은데."

"이번 달에는 돈이 다 떨어졌어. 다음 달에 오빠가 한마리 통째로 사줄게. 그때 너 혼자 다 먹어. 응?"

"오늘도 라면만 먹는 거 싫은데. 밥도 다 떨어졌잖아."

두 아이는 작게 실랑이를 벌이고 있었다. 몇 달은 다듬지 않은 것으로 보이는 머리카락과 꾀죄죄한 옷차림이 아무래도 가난한 집의 아이들인 것 같았다. 실랑이의 원인은 동생이 통닭을 먹고 싶어 하는데 오빠에겐 그걸 사줄 돈이 없기 때문인 것 같았고.

여자가 방향을 꺾어 아이들에게 다가갔다. 그리곤 조심스레 여자아이의 어깨 위에 손을 올리며 물었다.

"통닭 먹고 싶어?"

여자아이는 낯선 사람이 말을 걸어오는 것에 덜컥 겁이 났는지 오빠의 뒤로 몸을 숨겼다.

"놀랐구나. 미안해. 아줌마는 그냥 너희가 저거 먹고 싶어 하는 것 같길래."

"아줌마 누구세요?"

남자아이가 긴장된 표정으로 물었다. 여자가 대답했다. 아줌만 그냥 동네 아줌마지 뭐. 나쁜 사람은 아니야.

여자는 그렇게 말하곤, 지갑을 꺼내 조금 전에 뜨개질 공방에서 받은 구천 원을 꺼내 들었다. 통닭집에 큼지막하게 걸려 있는 현수막에는 '옛날 통닭 9,900원'이라고 적혀 있었다.

"통닭 가격도 많이 올랐네."

여자는 그렇게 말하더니, 지갑에서 만 원짜리 한 장과 천 원짜리 한 장을 더 꺼내서 남자아이를 향해 건넸다.

"두 마리 사서 한 마리씩 먹어."

남자아이는 여전히 그녀를 경계하고 있는지 좀처럼 돈을 건네받지 않았다. 수민도 옆에서 그녀를 말렸다. 이

봐요. 그 고생을 해서 꼴랑 구천 원 받았는데, 통닭 사서 먹으라고 이만 원 돈을 준다고?

물론 여자는 그녀의 말을 듣지 못했다. 다만 계속 남자아이를 향해 말할 뿐이었다.

"받아. 괜찮아. 아줌마가 이상한 사람 같으면 이 돈 주고 아줌마는 그냥 가던 길 갈게. 천천히 사 먹어도 돼."

남자아이는 그제야 경계가 좀 누그러졌는지 그녀가 건넨 돈을 받고는 고개를 꾸벅 숙였다.

"너도 고맙습니다 해."

여자아이도 오빠를 따라 고개를 숙인다. 그리곤 그제야 통닭을 먹을 수 있다는 생각에 배시시 웃기 시작했다.

"그래. 언제 다시 볼 수 있으면 그때 또 보자. 그때도 아줌마가 통닭 사줄 수 있으면 사줄게."

안녕히 가세요. 아이들이 연신 고개를 숙이는 것을 보며 여자는 다시금 가던 길을 간다. 느릿느릿 걷는 건 똑같았지만, 어딘지 모르게 조금 더 활기가 넘치는 발걸음 같다고 생각했다. 수민은 여자가 작게 혼잣말하는 것을 들었다.

"맛있게 먹었으면 좋겠다."

여자가 집으로 돌아와서 가장 먼저 한 일은 자신의 끼니를 챙기는 일이었다. 오늘은 뭐를 어떻게 차려서 맛있게 먹으려나, 수민은 아침부터 내심 그걸 궁금해하고 있었는데, 여자가 부엌에서 수줍게 꺼낸 것은 특별할 것도 없는 라면 한 봉지였다.

"기가 차는군."

수민이 탄식하며 내뱉었다. 알지도 모르는 애들한테는 통닭을 두 마리나 사 먹으라고 돈을 덥석 내주면서, 그러고 집에 와서는 고작 라면 한 봉지로 끼니를 때운다고? 이게 도대체 무슨 생활이란 말인가? 사람이라면 응당 자신이 먹고사는 문제가 가장 급급해야 하는 거 아닌가? 다른 많은 착한 사람들처럼 돈이라도 많거나 하면 몰라. 이렇게나 빠듯하게 살면서 남을 도울 생각을 어떻게 한단 말인가? 몇 년 전에 자신을 도울 때도 그랬을 것이다. 또 나름의 소일거리를 하거나 알뜰하게 장을 보려 동네를 오가다가 길 한복판에 고꾸라진 나를 발견했을 것이다. 주머니에 많은 돈이 있지는 않았지만, 그래도 주저하지 않고 얼굴 한 번 본 적 없는 나를 위해 물과 김밥을 샀을 것이었다. 그러니까 도대체 왜?

더는 궁금해서 참을 수 없었다. 이 여자와 대화해봐야 한다. 왜 그렇게 사는지 들어야 했다. 다음 생에 부자로 태어날 기회 같은 것쯤 이쪽에서도 한번 바보같이 포기해보고 싶었다. 그런다 한들 내 앞에 있는 사람보다 바보같지는 않을 것 같았다. 수민은 눈에 보이는 가장 가까운 문, 그러니까 여자의 침실 문을 향해 성큼성큼 걸어갔다. 그리고 며칠 전의 전당포의 생김새를 생각하며 문을 벌컥 열고 들어갔다.

라면을 끓여 먹던 여자는 집 안에서 난데없는 바람 한 줄기가 흐른 것만 같아서 어리둥절한 표정으로 주변을 둘러보았다. 그곳에는 그 무엇도 누구도 없었다.

✳

"내가 직접 만나 봐야겠어요."

조금은 화가 나 있는 표정으로 문을 열고 들어온 수민에게, 전당포의 남자는 차분하게 고개를 숙여 인사를 건넸다.

"돌아오셨네요. 결정하신 거예요?"

"네. 제가 다른 건 다 포기해서라도 그 여자를 만나서 이야기를 나눠 봐야겠어요."

"다음 생에서의 혜택을 포기하신다고요? 그러면 확

정적인 건 아니지만, 이번 생에서처럼 불행하게 지내게
될 수도 있어요. 물론 안 그럴 수도 있지만."

"사람이 원래 안 먹던 거 먹으면 체한다잖아요. 만에
하나 불행하게 살게 되더라도 괜찮아요. 처음도 아니니
더 잘 살아보겠죠."

"알겠습니다. 이따가 대상자가 잠자리에 들면, 그때
꿈을 통해 그분을 만나러 갈 수 있어요. 아직은 좀 이른
시각이니 앉아서 차나 한잔 하면서 기다리시죠."

수민은 그제야 조금 격앙된 몸과 마음을 누그러뜨리
곤 잠자코 밤이 오기를 기다리기 시작했다. 그렇게 몇 잔
의 차를 비웠을까. 비로소 밤이 찾아왔음을 확인한 남자
가 어딘가로 전화를 걸었다.

"네. 특별고객이 혜택을 선택했고 선택한 혜택은 '면
담'입니다. 대상자의 꿈속으로 들어갈 수 있는지 확인 부
탁드립니다."

남자는 그 뒤 몇 번쯤 더 '네, 네'를 반복하고는 감사하다고 말하며 전화를 끊었다. 그리곤 수민의 얼굴을 보며 고개를 끄덕였다.

"잠자리에 드셨다네요. 이제 갈 수 있어요."

이게 뭐라고 이렇게까지 긴장이 되는 걸까. 정작 만나서 할 말이 없어지면 어떡하지. 수민은 걱정되는 마음에 몇 번 크게 심호흡을 했다.

"이제는 잘 아시겠지만, 꿈에서의 면담도 비슷한 식으로 진행됩니다. 이야기를 충분히 나눌 만큼 나누다가, 이제 대화를 끝마쳐도 될 것 같을 때 아무 문이나 열고 그 문을 통과하시면 됩니다. 그럼, 가볼까요? 지금도 밤은 흘러가고 있으니까요."

갈게요. 수민이 대답하곤 자리에서 일어서서 다시 전당포의 출입문을 열고 그것을 통과했다.

그곳은 이제는 익숙한 여자의 집 거실이었다. 여자는 소파에 앉아 뜨개질을 하다가, 갑자기 눈앞에 나타난 수민을 보고는 화들짝 놀란 표정을 지어 보였다. 하지만 얼마 지나지 않아 짧게 감탄사를 내뱉더니 그녀에게 이렇게 말하는 것이었다.

"맞죠? 그때 동네에서 김밥."

"저를 기억해요?"

"그럼요. 이 동네에서 또래 친구 찾기가 얼마나 힘든데."

친구. 친구라…. 수민은 그렇게 속으로 되뇌었다. 왠지 멋쩍은 기분이 들었다. 그리곤 여자에게 말하기 시작했다.

"사실 어제랑 오늘 당신을 지켜보고 있었어요. 아이들한테 치킨 사 먹으라고 돈 줬죠?"

여자는 다시 한번 놀라며 그걸 어떻게 아느냐고 물었

다. 그리곤, 아, 이거 꿈인가? 라고 말하는 것이었다.

"꿈이든 생시이든 그게 중요한 게 아니고, 궁금한 게
하나 있어서 왔어요."

"그래요? 그러면 일단 앉아요 여기."

여자는 자신의 옆 소파의 빈자리를 손바닥을 두드리
며 말했다. 참 신기할 정도로 친절한 사람이군. 수민은
생각하며 여자의 옆에 앉았다. 그리곤 여전히 혼란스러
운 머릿속의 단어들을 나름대로 잘 조합하며 궁금한 것
들을 물어보기 시작했다. 그러니까 나는 아직까지도 도
무지 이해하지 못하는데, 그때 왜 나를 도와줬던 건지.
그때 시간이나 돈이 차고 넘쳤었는지. 아니라면 왜 그렇
게까지 내게 친절하였는지. 또 오늘 낮에는 왜 그랬는지.
왜 아이들에게 그때의 것과 비슷한 친절을 베푼 건지….

여자는 작게 웃으며 대답을 시작했다. 그리고 그건 허
탈할 만큼 단순한 대답이었다. 그냥요. 누군가에겐 소중

한 사람이었을 테니까. 그 누군가에겐 소중했을 사람이 당장은 그 사람이 없는 곳에서 난처해하거나 배고파하고 있으니까. 그걸 보는 일이 자기는 매번 슬프고 또 힘들 뿐이라고. 그래서 도와주는 거라고.

"나는 내 가족이나 친구가 이런 상황을 겪는다면 어떨까, 를 자주 생각했거든요."

"나는 나를 사랑해 주는 사람이 이미 다 떠나고 없는데요?"

"나도 그래요. 다 떠나고 나만 남았지. 그래도요. 그래도 내가 한때 사랑했던 사람들을 생각하면서 지내다 보면, 나는, 내 마음은 그렇게 되더라고요."

그나저나 어쩌다가 그렇게 외롭게 지내게 된 거예요. 여자는 반대로 수민에게 물었고, 수민은 자신의 지난 삶에 관해 또 얼마간 이야기를 풀었다.

그리고 그러면서 수민이 새롭게 알게 된 것은, 여자의 삶이 자신의 삶과 꽤 많은 부분이 닮아 있었다는 점이었다.

여자의 이름은 경숙이었고, 마찬가지로 친구도 가족도 없이 쓸쓸한 나날을 지내고 있었다. 경숙 역시 한때는 찬란한 젊은 나날을 보내기도 했었지만, 세상의 예측 못할 풍파를 맞아 결국 쫄딱 망해버렸고, 그 와중에 한차례 큰 병을 앓기도 해서 사실은 거동이 편하지만은 않다고 했다. 그래서 빨리 걷는 일도 나가서 단순한 아르바이트를 하는 일도 어렵다고.

"그렇게 힘든 순간마다 생각나는 건, 지금은 곁에 없다고 할지라도 결국은 내 사람들의 얼굴이더라고요. 지금은 못 보지만, 그래도 함께일 때 참 좋았지. 하고."

"나랑 비슷한 부분도 많지만, 이런 쪽으로는 완전히 반대네요. 나는 그럴수록 세상이 싫어지고 끝없이 바닥으로 가라앉기만 하는데. 성격이 이렇게 못돼먹어서 친구가 없나?"

경숙과 수민이 한차례 작게 웃었다. 경숙이 수민에게
말했다.

"그러면 내가 친구 해줄게요. 친구가 뭐 별건가? 서로
사는 곳 알고 밥 한 끼 같이 먹으면 그게 친구지."

"그러고 보니 그렇네요. 친구 해도 되겠네."

수민이 작게 웃으며 대답했다. 그리고 생각했다. 만약
내가 죽지 않았다면, 그리고 조금이라도 병세가 호전되
었다면, 우리가 정말로 친구가 될 수 있었을까 하고.

"사실은 그런 것들이 궁금해서 온 것도 있지만, 이 말
을 하고 싶어서 온 것도 있어요. 고마웠다는 말이에요.
그날 이후로 꽤 오랫동안 경숙 씨의 얼굴이 잊히지 않았
어요. 그러니까 당신처럼 다정한 사람으로 살 수만 있다
면, 그리고 다음 삶이라는 게 있다면, 내 다음 삶이 무조

건 풍족할 필요도 없겠다는 생각마저 들 만큼."

기분 좋은 칭찬이네요. 경숙이 수줍지만 화사하게 웃었고 수민은 소파에서 몸을 일으켰다.

"가는 거예요?"

"네. 푹 주무셔야지. 그만 방해하려고요. 가볼게요. 잘 있어요."

경숙은 그러라고, 조심히 가시라고 말하고는 수민의 등을 향해 한 번 더 말을 걸었다.

"수민 씨."

"네?"

"잘 지내는 거 맞죠? 무슨 일 있어서 온 거 아니죠?"

수민은 눈물이 차오르려는 것을 가까스로 참고는, 물론이죠. 그때보다 훨씬 잘 지내요. 라고 대답했다.

그날 이후로 몸이 처참할 정도로 더 안 좋아져서 결국엔 집에서 홀로 쓸쓸히 죽음을 맞았다는 사실을 경숙만큼은 몰랐으면 하는 마음에서였다. 그러면 경숙이 더없이 가슴 아파할 것 같았다. 이렇게나 다정한 사람이라서. 이런 나를 친구로 여겨주는 사람이라서.

"그럼 됐어요. 언젠가 동네에서 마주치면 인사나 해요."

"그래요. 나 진짜 가요."

수민은 손을 흔들며 경숙의 집 현관문을 열고 그곳을 나섰다. 그리고 눈 앞에 펼쳐진 것은 다시 그 전당포였다. 남자가 수민을 보고 반갑게 손을 흔들었다. 잘 다녀오셨어요? 어땠어요?

"좋았어요."

"좋으셨다니 좋네요."

수민이 남자의 앞까지 걸어와서 의자에 앉았다. 그리곤 한 번 더 크게 숨을 쉬곤 남자에게 물었다.

"이제 저는 어떻게 되는 거죠?"

"다시 태어나기 위해 몇 번의 절차를 더 거치겠죠. 거기서부턴 저도 잘 몰라요."

"지금 바로요?"

남자는 수민의 말을 듣고는 오른쪽 벽에 걸린 시계를 바라봤다. 그리곤 작게 미소 지으며 대답했다. 삼십 분 정도는 여유가 있겠네요. 그렇게까지 무서운 일이 펼쳐지진 않으니까 너무 걱정하지 마세요. 아 그리고.

"그리고?"

남자가 서랍에서 검은 비닐봉지 하나를 꺼내어 수민에게 내밀었다. 수민이 이게 뭐냐고 물으니 남자는 별 대답 없이 그 봉지를 앞으로 조금 더 쭉 내밀기만 하는 것이었다. 얼른 받으라고 말하는 것처럼.

수민이 받아 든 봉지에는 포일로 싼 김밥이 두 줄 들어 있었다. 남자가 말했다.

"드시고 가세요. 그때 말한 그 김밥이랑 맛이 똑같을지는 모르겠지만."

수민은 '뭘 이런걸' 하고 말했지만, 말과는 다르게 표정에는 내심 기쁜 기색이 가득했다. 예쁘고 일정하게 썰려 있는 김밥을 한 알 입에 넣고는 천천히 그것을 씹었다.

그리곤 작게 미소 지으며 말했다.

"맛있어요."

"다행이네."

따뜻한 사람, 다정한 사람, 선한 사람은 이렇게 어디엔
가는 꼭 있네요. 당신처럼. 이런 사람들이 세상을 건강하
게 만들고 다른 사람들마저 더 살아보고 싶게 하는 것 같
아요. 사람을, 사랑을 믿어보고 싶게 해요. 수민은 그렇
게 말하고 싶었지만, 김밥이 입안에서 계속해서 맴돌아
서, 그리고 그런 말을 하기에는 여전히 숫기가 없는 사람
이라서 그저 웃으며 김밥을 먹기만 했다. 말하지 않아도
괜찮을 것 같았다. 말하지 않아도, 왠지 다정한 사람들은
시선도 다정해서 그런 자신의 얼굴만 봐도 알아줄 것 같
았다.

"정말 맛있어요."

"그래요. 천천히 먹어요."

남자가 수민의 말에 재차 맞장구를 쳐주며, 잔에 맑은
물을 받아 그녀의 앞에 놓아주었다.

언젠가 누군가가 그녀에게 건넨 물처럼 맑고 시원한
물이었다.

✳

"도대체 얼마나 걸은 거야?"

그녀의 물음에 대답하는 사람은 없다. 어차피 혼잣말
이었으니 대답을 바라지도 않았다. 분명 며칠 전에 만난
사람은 이쪽 방향이라고 했는데 단서가 될 만한 것은 나
올 기미가 보이지 않았다. 주변은 온통 똑같은 건물과 똑
같은 가로수뿐. 그리고 길 위에 있는 사람이라곤 주란 한
사람뿐.

"그리고 여긴 어디야? 다리 아파 죽겠다…."

주란이 걷다가 말고 조금 투덜댔다. 아닌가. 이미 죽은
몸이니 다리 아파 죽겠다는 말은 좀 우습게 들리려나. 심

지어 다리가 아프다고 해서 죽은 적도 쓰러진 적도 없었고 포기한 적도 없었다. 그저 사람들에게 묻고 물어 묵묵히 걷기만 했다. 그렇게 걸어온 세월이 벌써. 어디 보자. 얼마나 시간이 흘렀을까. 일 년? 아니지. 일 년은 너무 짧지. 십 년? 십 년도 아쉬운데. 그러면 이십, 삼십, 사십….

"안녕하세요."

주란이 그렇게 걸어온 세월을 헤아리고 있을 때, 별안간에 앞에서 사람의 목소리가 들려왔다. 내가 먼저 말을 건 적은 여러 번 있었어도 누가 나한테 먼저 말을 건 적은 거의 없었는데. 누구지. 주란은 고개를 들어 인사말이 들려온 방향으로 시선을 옮겼다. 거기에는 처음 보는 중년의 여성이 서 있었다. 정말이지 단 한 번도 본 적 없는 사람이었지만, 인사를 건네는 표정이 더없이 밝고 맑아서 주란 역시 그녀에게 인사를 되돌려줄 수밖에는 없었다.

"네. 안녕하세요."

뭐가 저렇게 행복한 걸까. 여자는 싱글벙글 웃으며 주란을 지나쳐 갔다. 참. 그래. 내 정신 좀 봐.

"저기요."

여자가 여전히 밝은 표정으로 뒤를 돌아보았다. 무슨 일이세요?

"사람을 찾고 있는데요. 김병완이라는 사람이에요."

"김병완이요? 이름만 들어서는 잘."

"전당포를 하는 사람인데요. 그 전당포가 좀 특이한 전당포라서요. 여기에 있다가도 저기에 있기도 하고. 그게 참…. 설명하기가 어렵네요."

돌연 여자의 눈이 동그래졌다. 그리곤 주란을 향해 크게 대답했다.

"어! 그 전당포 말씀하시는 건가요? 앞에 큰 개 한 마리 있고."

이런 우연이 있을 수 있을까. 우연히 마주친 사람이 마침 그 전당포를 알고 있다니. 주란은 떨리는 가슴을 부여잡고 다시 대답했다.

"네. 듣기로는 개를 키우고 있다고 들었어요."

"저 마침 거기 다녀오는 길이거든요. 저 뒤로 계속 걸으시다가 언덕을 두어 개쯤 넘으시면 마을이 하나 나오는데, 아마 거기에 있을 거예요. 워낙 큰 개가 앞에 엎드려 있으니 찾기 쉬울 거예요."

감사합니다. 정말 감사합니다. 주란은 조금 전까지의 투정을 부리는 마음은 온데간데없이 세상의 모든 일 앞에 감사한 마음이 되어 그녀를 향해 고개를 숙였다. 주란과 여자는 부디 조심히 가시라는 말을 주고받고는 각자의 가야 할 방향을 향해 걷기 시작했다. 그때 주란의 뒤에서 한 번 더 여자의 목소리가 들려왔다.

"저기요, 선생님!"

"네?"

"밥은. 점심은요?"

뜬금없이 점심? 주란은 조금 어리둥절해져서 그녀에게 되물었다.

"점심이요? 안 먹었는데. 그건 왜요?"

"안 드셨으면 오늘은 김밥 어떠세요?"

"김밥?"

"네. 저는 조금 아까 김밥을 먹었는데, 오늘 날씨가 참 김밥 먹기 좋은 날씨더라고요."

아, 네. 주란은 그녀의 말에 어떻게 대답해야 할지를 몰라 대충 웃으며 대답했지만, 그리곤 정말로 가야 할 길을 다시 걷기 시작했지만, 여자가 정말 다정하고 밝은 사람인 것 같다는 생각에는 변함이 없어 오래 그녀의 모습을 곱씹으며 미소를 지을 수 있었다.

김밥이라. 정말 오랜만에 먹으면 맛있을 것 같기도 했다. 언제 만날지는 모르겠지만, 나도 이런 날에 당신을 만나게 된다면, 같이 김밥이나 먹자고 해야지.

5장

용서

＊

"이제 정말 가볼게요. 여러모로 신경 써 주셔서 정말 고마웠습니다."

"다음 생에는 어떤 사람으로 태어날 것 같으세요?"

허수민이라는 이름의 특별 고객이 병완에게 고개를 숙여 인사를 건넸고 병완 역시 그녀에게 인사를 되돌려 주었다. 그리곤 가벼운 표정으로 그녀에게 물었다.

"왜요? 혹시 아는 거라도 있으세요?"

"아뇨. 진짜 궁금해서 물어본 건데. 저도 아무것도 몰라요."

"뭐야. 난 그것도 모르고 살짝 기대했네. 그럼 피차 모르는 사이니까 제가 먼저 문 열고 나가서 다시 태어나 볼게요. 인연이 닿아 있다면 언젠가 다시 만날 수 있겠죠. 그때 다시 인사해요. 두 사람 다 지금 모습과는 다를지도 모르겠지만."

그럽시다. 병완이 대답했다. 수민은 이제 병완을 완전히 등진 뒤 일말의 주저함도 없이 출입문을 향해 발걸음을 옮겼고 힘껏 문을 열어젖혔다. 그리고는 끝이었다. 방금 전까지만 해도 병완에게 등을 보이고 서 있던 그녀가 흔적도 없이 사라져 버리고 없었다. 이제부터 그녀는 그조차도 알지 못하는 절차들을 거쳐서 다시 태어날 것이었다. 물론 확정적으로 부자로 태어날 기회도 모두에게 사랑받을 만한 매력을 타고나지도 않게 되었지만, 그것은 그녀가 다른 가치를 선택한 기회비용에 불과했으므로 크게 억울하지도 않을 것이었다. 그러니 부디 나름의 행복을 찾게 되기를. 병완은 작게 속삭이며 다시금 혼자가 된 주변을 둘러보았다.

그녀가 문을 열고 나간 뒤에 그곳에 남은 것은 아주 미미한 온기와 김밥 두 알 말고는 아무것도 없었다.

"두 줄을 거의 다 먹었네. 그렇게 맛있었나."

병완이 남은 김밥 한 알을 검지와 엄지로 집어 입에 넣었다. 그리곤 그것을 신중히 맛보기 시작했다. 난 아무리 좋게 봐줘도 그렇고 그런 평범한 김밥 같은데. 사람에 따라선 밥이 너무 질어서 맛없다고 생각할 것도 같은데. 어쩌면 이렇게 맛있게 다 먹고 갔을까.

다 그 사람이 착해서 그런 거겠지. 준비한 사람의 성의라는 게 있으니까 맛이 없더라도 맛있게 먹었던 거겠지. 그리고 김밥이라는 음식이 그녀에게 더 특별한 의미로 남게 되어서 그런 것도 있었겠지. 사람에 따라서는 목숨보다도 소중할 수도 있는 것들을 포기하면서까지 만나러 갔던 사람이 자신에게 선물해 줬던 것이 바로 그 김밥과 생수였으니까.

하여튼 묘하게 그녀가 남처럼 느껴지지 않았다. 아마도 어쩔 수 없이 자꾸만 주란이 생각나서인 것 같았다. 그녀 역시 병을 앓다가 세상을 떠나게 되었고 만약 지금까지 세상을 떠나지 않았다면 조금 전에 문을 열고 나간 수민의 나이쯤, 많아 봤자 다섯 살 정도 더 많았을 거였기 때문이다.

그래서였을까. 그날 밤에는 유난히 옛날 생각이 많이 나서 잠을 많이 설쳤다. 수민이 말해준 경숙이라는 사람처럼, 한때 그도 주변을 도울 줄 아는 제법 다정한 사람이었던 것 같은데, 어쩌다 이렇게 되어버렸나 하는 생각을 해보기도 했고 또 한편으로는 본 적도 없는 아내의 나이 든 얼굴이 궁금해서 노트를 꺼내 이렇게 저렇게 그 사람의 얼굴을 그려보기도 하였다.

그리곤 다시금 주란이 어딘가로 향해 걷는 꿈을 꾸었다. 그녀가 걷는 길, 그리고 그녀를 비롯한 사람들의 옷차림은 직전의 꿈보다도 훨씬 더 나중의 모습을 갖추고 있었다. 아무래도 꿈속에서도 시간이, 시간이 쌓여서 시대가 흐르고 있는 모양이었다.

당신은 어디에서 그런 힘이 나서 그렇게 쉬지도 않고 걸을 수 있을까. 또 어떻게 여전히 그렇게 아름다울 수가 있는 걸까. 병완이 꿈속에서 혼잣말하면, 주란은 그의 말을 듣기라도 한 것처럼 활짝 웃으며 그저 앞으로 걷기만 하는 것이었다.

그렇게 다시 잠에서 깬다.
이제는 놀랍지도 않군.
병완은 혼잣말하며 다시 그에게 주어진 하루를 시작할 뿐이었다.

*

"곧 새로운 파견지에 도착합니다. 실내에 위치해 주

세요."

"네. 지금 착석 중입니다."

늘 그랬듯 사무적인 말투로 안내원과 이야기를 주고
받았다. 그러고 보면 이 양반도 참 대단해. 어떻게 목소
리가 이렇게까지 한결같을 수가 있을까. 하긴 세상이라
는 곳은 신기한 일이 가득한 곳이지. 누군가는 이런 전당
포가 있다는 사실을 알자마자 놀라서 기절할지도 모를
일이었다.

이번 파견지는 인구가 별로 많지 않은 어느 산악 도시
였다. 엄밀히는 도시가 아닌 군이었다. 젊은 사람은 좀처
럼 찾아볼 수 없고 오 층을 넘기는 건물 역시 거의 볼 수
없는, 좋게 말하면 조용하고 나쁘게 말하면 초라한 곳이
었다.

늘 그랬듯 아침으로 먹을 것을 찾기 위해 동네를 누비
다가 아침부터 연 떡집이 있어 그곳에서 취향에 맞는 떡

을 몇 개 골랐다, 그러면서 나이 지긋한 주인에게 그 동네에 관해 물었다. 원래 이렇게 조용한 동네예요?

"그럼. 조용할 수밖에 없지. 여기가 평균 연령 높기로는 전국에서 손에 꼽히는 데야. 젊은 사람이라곤 군청에서 일하는 공무원들이나 가업을 물려받아서 농사짓는 애들 말곤 없을걸?"

그렇구나, 그럼 오늘의 의뢰인도 연세가 좀 있으신 분이 오시겠구나. 최근 들어 젊은 사람을 응대할 일이 별로 없네. 병완은 그렇게 생각하며 다시 전당포로 향했다. 싫다거나 하진 않았다. 젊은 의뢰인에게는 젊은 의뢰인의 장단점이 있었고 나이가 있는 고객에게도 나름의 장단점은 있었으니까. 그리고 무엇보다도 그 사람이 어떤 사람이건 그저 병완은 그의 이야기만 잘 들어주고 거래만 제안하면 되는 일이었다.

손님이 올 때까지, 조금이라도 더 차분한 마음가짐으로 있을 요량으로 전당포의 응대 테이블에 앉아 책을 읽

었다. 곧 저 앞에서 문 열리는 소리가 들리기에 병완은
기계적으로 인사를 건넸다. 어서 오세요 어르신.

"…어르신이요?"

"네?"

그제야 고개를 들어 앞을 바라보니, 거기엔 많이 쳐줘
야 삼십 대 중반은 되어 보이는 젊은 여자가 수줍은 자세
로 서 있었다. 분명 젊은 사람 거의 없다고 하지 않았나?

"아이고. 죄송합니다. 당연히 어르신이 들어올 줄 알
고. 어서 오세요."

"네. 안녕하세요."

여자가 그를 마주 보고 앉았다. 그리고 이어지는 대화
는 평소와 같았다. 전당포의 특성상 고객님의 신원을 파
악해야 합니다. 뭐 하는 분이세요? 어떻게 오셨어요? 와

같은 이야기들.

떡집 주인이 말한 그대로, 그녀 역시 군청 교통과에서 일하는 공무원이라고 했다. 그리고 이제는 그만둘 예정이라고도. 아니 예전만큼은 아니어도 공무원만큼 좋은 직업도 없는데 왜 그만둬요, 라고 묻고 싶은 마음은 굴뚝같았지만, 그에게 그런 걸 물을 권리까지는 없었다. 그저 '과하다 싶을 정도로 한적한 시골 마을의 교통과라니, 심심할 만도 하겠구나'라고 대충 넘겨짚기만 할 뿐이었다.

이제부터 본론이었다. 무엇을 원해서, 무엇이 그렇게 간절해서 이곳의 문을 열고 들어왔는지를 물어야 했다. 그 일은 수도 없이 반복한 일이었지만 여전히 어려운 일이었다. 그 질문을 던지자마자 사람들은 웃거나 울거나 화내거나, 아무튼 감정의 민낯을 여과 없이 보여주기 시작했기 때문이었다. 본인이 됐든 타인이 됐든 솔직해지는 일에 서툴렀던 그에게는 그것만큼 불편한 일도 없었다. 목이 말라오기 시작했다. 자리에서 일어나 그녀에게 물었다.

"저는 차를 좀 마시려고 하는데, 차 좀 드실래요?"

"네. 부탁드릴게요."

따뜻한 차 두 잔을 내려 그녀의 앞에 내려놓는다. 그러니 그녀가 작게 웃었다.

"왜 웃으세요?"

"그냥요. 누군가한테 이렇게라도 대접받는 게 너무 오랜만이라서. 여기 살다 보면 다 어르신이니까 내가 챙겨야 하고 또 군청에서 하는 일이 민원인들 응대하는 일이다 보니까 이런 상황이 잘 없었거든요. 내가 손님이 돼서 식당에 가도 사장님들은 다짜고짜 반말부터 하시고,"

"정말 그렇겠네요. 고생이 많으세요."

"익숙해요."

"그러면 일이 힘들어서는 아닌 것 같고. 여기에 오신 이유가 뭘까요?"

좋아. 이 정도면 매끄러운 흐름이었어. 병완은 속으로 생각하며 앞에 앉은 젊은 여자의 눈을 조용히 응시하기 시작했다. 여자는 눈을 내리깔고 있다가 무슨 결심이라도 한 것처럼 병완의 눈을 똑바로 쳐다보며 입을 열었다.

"언니를 용서하고 싶어서 왔어요."

"용서요? 언니를요?"

"네."

"언니분께서 뭐 얼마나 큰 잘못을 저지르셨길래 여기까지 오셔서 용서를 해요? 가족끼리는 그냥 집에서 용서해도 되는 거 아닌가?"

병완이 떠보듯 물었다. 사실 이곳을 찾은 이유가 어떤

것이든 문제가 될 건 없었지만, 이렇게 살짝은 고객의 심기를 '긁어' 줘야 비로소 그가 본격적으로 입을 열곤 했기 때문이다. 그의 예상대로 여자는 일순 눈썹을 꿈틀대고는 한결 날이 선 말투로 이야기를 이어가기 시작했다.

"집에 안 살아요. 어디 사는지도 이젠 모르는 사람이에요. 가족보단 원수에 가까웠는데요. 이제는 큰마음 먹고 용서라는 걸 해볼까 싶기도 해서 와본 거예요. 왜요. 이런 건 안 돼요?"

"안 될 리가 있나요. 그런 일을 돕는 게 이곳의 전문 분야랍니다. 그럼 이제 본격적으로 이야기를 들어볼까요?"

병완이 작게 웃으며 이야기를 이끌어가기 시작했다. 자신을 수빈이라고 소개한 여자는 그의 손길을 따라 천천히 자신의 이야기를 내어놓기 시작했다.

수빈이 그녀의 언니를 맨 처음 미워하기 시작했던 건, 그녀가 생각이라는 걸 하기 시작했을 무렵, 그러니까 막

초등학교에 입학할 무렵부터였다.

수빈의 언니는 그녀보다 일곱 살이나 더 나이가 많았다. 수빈이 갓 초등학교에 입학했을 때 그녀는 이미 어엿한 중학생이 되어 있었다. 수빈이 짝꿍과 겨우겨우 소꿉장난을 시작했을 때 그녀는 이미 한 학년 위의 선배와 첫사랑이라고 부를 수 있을 만큼 진지한 연애를 시작하고 있었다.

수빈이 언니를 미워했던 이유도 다 거기에 있었다. 언니는 그녀에 비해 나이가 너무 많았고 그녀보다 너무도 많은 것을 알고 있었다. 또 그녀 앞에서는 수빈 나름의 고민이나 노력도 아이들 장난이 되어버리기 일쑤였고 엄마가 그녀를 대하는 태도 역시 그녀의 언니를 대하는 태도와는 분명한 차이가 있었다.

좋은 것이 생겼을 때마다 그것이 가장 먼저 향하는 곳은 수빈이 아닌 그녀의 언니 앞이었다. 음식도 그랬고 비싼 학용품도 그랬다. 수빈은 그녀가 입다가 작아서 못 입게 된 옷이나 읽다가 시시해져서 팽개친 책, 쓰다가 다 닳아버린 물건들만 겨우겨우 손에 넣을 수 있었다.

그러면서 알게 모르게 축적된 피해의식은 그녀가 교복을 입게 되고 그 교복을 벗고 어른이 될 때까지도 그녀의 안에 남아 그녀를 괴롭혔다. 언니는 언제나 그녀에게 경계해야 하는 대상이었고 동시에 절대 이길 수 없는 상대였다. 스무 살이 되면서 이제야 나도 진정한 어른이 됐구나 감탄하고 있을 때 언니는 이미 스물일곱으로 어느 정도 사회 초년병의 때를 벗겨내고 있었고 드디어 첫 남자 친구를 만나게 되어 기뻐할 때도 언니는 그녀의 연인과 진지하게 결혼을 논의하고 있었으니까.

병완이 조심스럽게 그녀의 말을 끊었다.

"그런데요. 실례가 되는 말일 수도 있겠는데, 그런 사연은 나이 차이가 나는 형제자매를 둔 사람들은 대부분 다 갖고 있는 사연이지 않을까요?"

"그럴 수도 있겠죠. 하지만 언니가 나쁜 이유는 따로 있어요."

언니. 그 여자가 나쁜 이유는. 그렇게 늘 모든 것을 독차지해 놓고도 책임감이나 죄책감 같은 것은 조금도 없이 너무도 쉽게 자기 감정이나 욕구만을 따랐기 때문이라고 했다.

무언가를 잘만 공부하다가도 그녀의 감정이 아니라고 말하면 주저하지 않고 그것을 공부하기를 멈췄고 조금이라도 그녀의 흥미를 끄는 것이 있으면 조금도 고민하지 않고 그것에 자신의 몸을 던지곤 했었다고.

"물론 인생 혼자 사는 사람이었다면야 그만큼 멋진 일도 없겠죠. 문제는 우리가 있었다는 거예요. 가족이."

그녀가 제멋대로 자신의 인생을 결정하고 사정없이 그것을 뒤흔들 때마다 피해를 보는 것은 그녀의 가족, 즉 수빈과 그의 어머니였다. 수빈은 자주 언니의 연습용 캔

버스 역할을 했다. 언니가 무용을 공부할 때는 왕자님 흉내를 내야 했고 무용을 때려치우고 미술을 할 때는 그야말로 살아 있는 정물이 되어 줘야 했다. 일반적인 회사에 들어갈 때는 그녀의 러닝메이트 역할을 맡거나 면접관이 되어 그녀에게 날카로운 질문을 던져야 했다.

그리고 수빈은 언니가 하던 것을 때려치울 때마다 일일이 분노했다. 저렇게 쉽게 포기할 거였으면 내가 한 고생은 뭐가 되는 건가. 개고생밖에 더 되나.

또 엄마는 어떤가. 우리 집 형편이 넉넉했던 적은 단한 번도 없었는데 저렇게 자기 생각만 하면서 하고 싶은 걸 다 해버리면 어떡하나. 앞으로 나이 들면서 몸도 이곳저곳 상하기 시작할 텐데, 자기 뒷바라지하다가 쓰러지기라도 하면 자기가 책임질 건가. 책임진다면 어떻게 질 건가.

정말이었다. 언니는 자신의 감정이나 욕구만을 따라서 너무도 쉽게 그간의 노력이나 흐름을 아무것도 아닌 것으로 만들어 버리는 데에 일가견이 있었다.

　"이혼했어. 살다 보니 그렇게 됐어."

　그렇게 죽고 못 살 것처럼 지내던 형부와 이혼했을 때도 마찬가지였다. 이혼이 어디 편의점 가서 물건 사는 일처럼 간단한 일이었던가. 최소한 가족들과 상의 정도는 해야 하는 일 아닌가. 하지만 그녀는 조금의 귀띔도 없이, 정말 말 그대로 물건이라도 사듯이 확 이혼을 저질러 버리고는, 수빈과 어머니 앞에 나타나 그런 식으로 통보를 해버리는 거였다.

　"갑자기 이혼이라니. 너 무슨 소리야. 최 서방이 뭐 잘못했어?"

　"그냥 내가 사람 잘못 본 거야. 나랑 안 맞는 사람이어서 갈라섰어. 아무튼 그렇게 알아."

　"너 결혼이 장난이야? 이제 나이도 안 어린데 앞으로

어떡하려고 그래. 너 엄마 죽는 꼴 보고 싶어서 그래? 네가 그러고도 내 딸이야?"

수빈의 언니는, 그렇게 역정을 내는 엄마를 가만히 바라보다가 대답했다.

"그래. 내 잘못이 맞네. 내가 아주 큰 잘못을 하고 있어. 근데 난 엄마가 원하는 대로는 못 살아. 연을 끊고 사는 한이 있더라도 나는 내 행복을 찾아가면서 살아야 해."

그녀는 그렇게 그동안 미안했고 고마웠다는 말을 건네곤 다른 어떤 말도 덧붙이지 않고 집을 나섰다. 어머니였으니 미안하고 고마웠지 수빈에게는 눈길 한 번 주지 않았다.

어머니는 그날로 크게 앓아누워야만 했다. 당연한 수순이었다. 맏딸이라고 있는 게 철이 들기는커녕 점점 제멋대로만 살기만 하고 기어코 이렇게 가슴에 대못을 박고 나가버리다니. 상심이 이만저만이 아니었을 것이었다. 그날 이후로 수빈의 어머니는 좀처럼 웃는 일이 없었고 또래의 다른 여성들보다도 훨씬 더 빠르게 늙기 시작했다. 그러므로 그 모습을 가장 가까운 거리에서 바라본 수빈은 자연스레 언니를 향해 증오와 분노를 품을 수밖에 없는 거였고.

수빈 역시 언니 때문에 많은 것을 포기해야 했다. 무엇보다도 하고 싶은 일과 공부하고 싶은 일이 따로 있었지만, 언니가 그랬던 것처럼 그녀마저 미래가 불확실한 영역에 무작정 투신한다면 어머니에게 똑같은 상처를 두 번 입히는 일이 될 것이었기에 그것을 잠자코 그만둬야 했다. 그보단 조금이라도 어머니에게 안정감과 평화를 안겨드리고 싶어 어른들이 좋아하는 공무원이 되기를 목표로 삼고 공부를 시작해야 했다.

"그러니까 엄마가 다른 사람들보다 빨리 늙어버린 것도 마음의 문을 닫아버린 것도 다 언니 때문이에요. 그거 말고 다른 이유가 또 있겠어요?"

수빈의 말에는 묘하게 설득력이 있어서 병완 역시 그녀의 이야기를 듣는 동안 몇 번이나 고개를 끄덕일 수밖에는 없었다. 하지만 가시지 않는 의문도 있었다.

"그만큼이나 언니분을 미워하는데 왜 갑자기 용서를 해요?"

그렇지 않은가. 그렇게 자신과 자신의 어머니에게 큰 상처를 주고 홀연히 떠나간 사람인데 갑자기 무슨 바람이 불어서 용서를 결심했단 말인가. 수빈의 이야기만을 듣고서는 도무지 그 감정의 서사가 이해되지 않았다. 수민이 조금 전보다는 한결 누그러진 표정을 지어 보였다.

"근데 제가 언니 나이 돼보니까 알겠더라고요."

"뭐를요?"

"그냥, 내 마음이 들리기 시작하니까 그제야 보이는 것들이 있더라고요."

이를테면 그런 거였다. 남의 삶에만 집중하고 남의 의견과 욕구에만 집중해야 하는 지루한 일만을 계속하다 보니 점점 나의 삶을 누군가에게 빼앗기는 느낌만 받는 거였다. 또 이 직업을 갖기 위해 포기해야 했던 일이 자꾸만 눈에 밟히는 거였다. 물건으로 치자면, 내가 가장 중요하게 생각하고 아끼던 물건을 다른 마음에 들지도 않는 물건을 가방에 넣어야 한다는 이유로 길 위에 버리고 온 것만 같은 거였다. 그렇다면 과연 그 소중한 것을 포기하고 내 가방 속에 넣어둔 이것은 누구를 위한 물건인가 싶은 거였다.

또 마찬가지로 몇 년 전 그녀의 언니가 그랬던 것처럼 이혼도 결심해야 했다. 사람이라면 응당 배우자를 만나 비가 오나 눈이 오나 평생을 함께해야 하는 거라고 생각해온 수빈이었지만, 막상 해보니 결혼이라는 건 말처럼 그렇게 단순한 게 아니었다. 이 사람이라면 함께 있을 때 거슬리는 점이 없으니 결혼을 하게 된다고 해도 무난할 거라는 기대는 착각에 불과했다. 삶의 터전을 합치고 살아온 삶을 합친다는 것은 생각보다도 복잡하고 많은 희

생을 요구하는 일이었다. 아귀가 맞지 않는 퍼즐 조각처럼 태생적으로 다른 두 사람의 차이를 붕괴시키는 일은 생각보다도 고통스러운 일이었다. 심지어 수빈은 가뜩이나 여러 피해의식과 불안으로 마음이 건강한 상태가 아니었으므로 배우자보다도 훨씬 더 큰 고통을 느껴야만 했다.

그러던 중에 엎친 데 덮친 격으로 발견한 배우자의 폭력적인 면면은 그녀로 하여금 삶에 대한 환멸을 느끼게 했다. 과연 나는 무엇을 위해 이렇게 살고 있는가. 나를 위한 삶은 분명 아니었다. 그렇다면 도대체 무엇을 위해서. 무엇을 위해서 그토록 많은 것을 포기하고 많은 상처를 자처하면서 지내왔던 것인가 하는 환멸.

"그제야 깨닫게 된 거죠. 다른 누구도 아니고 내 행복이 중요하다는 걸. 그리고 엄마도 내심 언니가 언니의 행복만을 좇기를 바랄 뿐이었다는 걸. 다만 주변 여건이나 타인의 마음 같은 것은 당신 마음대로 할 수만은 없는 일이었으니 그런 결정과 그런 표현을 할 수밖에는 없었던 거지, 오히려 속으로는 언니와 함께 분노하고 함께 마음 아파하고 있었다는 걸요. 나만 혼자 단단히 오해하고 있었지 뭐야."

항상 이래요. 이런 식으로 생각이든 행동이든 언니가 나보다 몇 년은 빨랐어요. 수빈이 쓴웃음을 지으며 말했다.

"그랬군요. 하긴 자기 행복이 제일 중요한 게 맞죠. 옛날 분들은 규율이나 주변의 시선 같은 것에 너무 많이 묶여서 자기의 행복을 포기해야 했었던 것 같아요."

"그러니까요. 그래서 찾아온 거예요. 이제는 어디에서 뭘 하고 사는지 알 수 없지만, 그래도 한 번은 만나서 안아주고 싶어서. 언니 너를 용서한다고. 그리고 나도 언니를 미워해서 미안했다고 말해주고 싶어서요. 그렇게 자기 삶 앞에서 당당히 일어서서 발 벗고 싸우느라 얼마나 고생이 많았을까."

이런 거래라면 아무 걱정도 없이 흔쾌히 성사시켜도

되겠네요. 병완은 그렇게 말하며 서랍에서 알약을 꺼내 그녀를 향해 호방하게 내밀었다. 어느새 수빈의 말에 완전히 감화되어 그녀와 그녀의 언니를 응원하는 지경에까지 이른 그였다.

수빈은 그렇게 알약을 받아 들고는 누구보다도 당차게 전당포를 나섰다.

그리고 병완은 혼자 남게 된 이후에도 한동안은, 지금쯤 수빈의 언니가 수빈을 만나 느끼고 있을 행복감을 그녀와 함께 느꼈다. 아무리 내가 생각하기에 잘못한 게 없다고 생각하고 나의 방식을 씩씩하게 밀어붙이고 있다고 할지라도 내가 아닌 누군가가 나의 선택을 존중해주고 그땐 존중하지 못했다고 하더라도 늦게나마 인정하고 용서해 주는 것은, 정말이지 나를 더없이 행복하게 만드는 일일 테니까.

그래. 어쩌면 살아간다는 건, 사랑하는 사람들에게, 그리고 그만큼이나 사랑해 줘야 하는 나에게 상처 주지 않고 잘해주는 일, 그러지 못했다고 하더라도 고통과 미움의 끝에는 결국 용서가 있다는 걸 깨닫는 일의 연속이구나. 그렇게 생각했다. 또 용서는 누구라도 다시 새롭게 태어나게 해주는 일이라는 생각도. 수빈이 감싸 쥐고 있던 찻잔을 매만졌다. 그녀의 마음처럼 따뜻하기만 했다.

그때 전화벨이 울렸다. 이상하다. 아직 해도 안 졌는데, 또 새로운 발령이라고? 대기하고 있는 손님이 좀 밀려 있는 건가? 병완은 고개를 갸웃거리며 전화를 받았다. 그리곤 기계적으로 말을 꺼냈다.

"네, 방금 손님 나가셨고 다시 대기하겠습니…."

"김병완 씨. 조금 전 손님이 마지막 손님이었습니다."

"네? 마지막이요? 그렇죠? 오늘은 이 손님으로 끝난 거죠? 그런데 왜 전화하셨어요?"

"그게 아니라…. 조금 전 손님으로 모든 전당포 업무

를 완수하셨다는 말입니다."

"제 일이 완전히 끝난 거라고요? 그럼 전 이제 어디로 가죠? 지낼 곳은요?"

그렇게 당혹스러워만 하고 있는데, 이제 더는 이곳 일을 하지 못한다는 생각에 묘하게 슬픈 감정까지 느끼고 있는데, 갑자기 얼굴에 어떤 바람이 불어왔다. 무슨 일인가 싶어 바람이 불어온 쪽을 보니 전당포의 문이 활짝 열려 있었다. 무슨 일이지? 누가 들어온 거지? 수빈 씨의 마음이 바뀌었나? 놓고 간 물건이라도 있나? 아닌데? 아무것도 없었는데.

"누구세요? 무슨 일이세요?"

마침 열린 문을 통해 노을이 정면으로 쏟아져 들어오고 있었으므로 그곳에 누가 서 있는지, 아니 누가 문을 연 게 아니라 그저 바람 때문에 문이 열린 건지도 제대로 확인할 수 없었다. 그때 누군가가 전당포로 들어오는 발소리가 분명히 들려왔다. 아 정말, 누구시냐니까요. 손에 든 전화기에서는 안내원이 끊임없이 무언가를 설명하고 있었지만, 그의 정신을 산만하게 하는 것이 한둘이 아니기에 그 말에 온전히 집중할 수도 없었다.

발소리가 조금씩 가까워졌다. 그리고 차츰 저녁노을을 뚫고 발소리 주인의 실루엣도 서서히 드러나기 시작했다.

"서운하네. 설마 고작 몇십 년 못 봤다고 나를 잊은 거야? 평생을 함께하자고 약속한 나를?"

"말도 안 돼."

거기엔 주란이 서 있었다. 조용히 눈을 감고 숨을 거둔 모습도 아니고 아픈 모습도 아닌, 더없이 건강하고 밝은 모습의 주란이. 병완이 그토록 사랑했던 그 모습 그대로의 주란이 서 있었다. 주란은 전날 꿈에서 병완이 봤던 그녀와 똑같은 옷을 걸치고 있었다.

"정말이야? 정말 주란이 맞아? 그냥 나 혼자서만 꾼 꿈이 아니었던 거야?"

"그럼 내가 아니면 누구야? 사람들한테 물어 물어서 오느라 너무 힘들었어."

아. 단순한 꿈이 아니었구나. 지난 몇 번의 꿈에서 봤던 당신의 모습은, 조금 느리고 길을 헤매더라도 정말 이곳을 찾아서 가까워지고 있는 당신의 모습이었구나. 당신은 그렇게 시대를 뛰어넘으면서 나에게 다가오고 있었구나. 난 다만 내가 당신을 보고 싶어 해서 꾸는 꿈인줄로만 알았는데.

병완은 너무나도 놀란 나머지 손에 쥐고 있던 찻잔을 그 자리에서 놓쳐버렸다. 찻잔이 떨어져 깨짐과 동시에 옆에 있던 찻주전자도 엎어져서 뜨거운 찻물이 그의 바지춤을 적셔버리고 말았다. 놀람과 아픔이 뒤섞인 신음이 자신도 모르게 새어 나왔다.

"뭐야, 왜 그래? 조심 좀 하지!"

주란이 얼른 달려와 주변이 뜨겁고 날카로운 것도 잊고서 병완의 바지를 털어주기 시작했다. 그리고 그 모습은 정말 주란과 병완의 모습 그대로. 오래전 서로의 상처를 보살펴 주었던 두 사람의 모습 그대로였다. 눈물이 앞이 안 보일 정도로 차올라서 흐르기 시작했다.

"이 사람 좀 봐. 나이가 몇 갠데 아직까지 울고 그래. 우리가 아직도 신혼부부인 줄 알아?"

주란이 애정 가득한 눈빛으로 병완을 나무랐고 그는 눈으로 얼른 눈물을 닦아내며 대답했다.

"뜨거워서 그래. 뜨거워서."

"아무리 뜨거워도 그렇지. 다 큰 어른이 뭘 그렇게 아이처럼 울고 있냐?"

병완은 자꾸만 막히는 목을 가까스로 가다듬고 말했다.

"미안해서 그러지."

"미안하다니? 뭐가?"

"그냥. 당신 그렇게 된 거…. 내가 나쁜 생각만 안 했어도. 나쁜 말만 안 뱉었어도 당신 그렇게 안 됐을지도 모르는데. 남편이라면 오히려 잘될 거라고 말해줬어야 했을 텐데…. 나 때문에 당신이 가버려서."

그러니 그 말을 들은 주란이 황당하다는 표정을 지어 보이며 되물었다.

"응? 그러니까 내가 죽은 게 당신이 못된 생각이랑 말을 해서 그렇게 된 거라고?"

주란은 그렇게 묻고는 큰 소리로 웃기 시작했다.

"아이고. 이 양반아. 당신이 무슨 저승사자라도 되는 줄 알아? 난 그냥 갈 때가 돼서 간 거야. 내가 그렇게 된 거에 당신 잘못은 하나도 없어. 오히려 당신 덕분에 더 오래 버틸 수 있었던 건데."

"정말? 정말 나 때문에 그렇게 된 게 아니었던 거야?"

"그렇다니까요. 바보야. 그 미안한 마음을 안고 몇십 년을 이러고 있었던 거야?"

"아니야. 내 잘못이 맞아. 그럼 나는 왜 여기서 벌을 받았던 건데."

주란이 그를 바라보며 그의 머리를 쓰다듬어 주었다. 그리고 말했다.

"일단 좀 걷자. 밖에 날씨 되게 좋던데?"

병완은 고개를 끄덕이고 몸을 일으켰다. 그리곤 주란

과 함께 전당포를 나섰다. 주란은 두 사람이 살아 있을 때처럼, 아주 능숙하게 병완의 팔을 부둥켜안은 채로 걷기 시작했다. 아름다운 저녁이었다. 하늘은 빨갛게 물들고 습하지 않은 바람이 이마를 간질이는. 이 좋은 순간을 언제까지라도 만끽한다면 좋겠지만, 병완은 일순 다시 조급한 마음이 되었다. 혹시라도 주란과 다시 헤어지게 되는 것 아닐까. 나를 잠깐 보고는 다시 떠나가지는 않을까 하는 두려움 때문이었다. 주란을 다그치며 다시 물었다. 당신이 죽은 게 나 때문이 아니라니. 그게 무슨 말이야?

"그렇다니까 그러네. 그냥 나는 죽을 때가 돼서 죽은 거야. 다만 당신이 벌을 받은 이유는⋯. 당신이 나를 죽여서가 아니라, 내가 떠난 후에 당신이 당신의 삶을 챙기지 않아서, 그렇게 당신이 망가지도록 내버려둬서 그런 거였어. 그렇게 먼저 떠난 내 마음을 아프게 만들어서 그런 거였어. 내가 말했잖아. 내가 당신에게 반했던 건 생긴 거랑 다르게 인정이 많고 다정한 사람이라서, 주변에게 늘 친절한 사람이라서 그랬던 거라고. 그런데 나 하나 없다고 그렇게 주변에게도 매정해지고 스스로에게도 매정해지면 어떡해."

그러니까 그렇게까지 미안해하지는 마. 당신이 날 죽인 건 아니니까. 내가 당신이었어도 그런 생각과 말실수는 가끔 했었을 거야. 주란이 말했다. 그런 거였구나. 당신의 마음을 아프게 한 게 내가 지은 죄였구나. 병완은 속으로 생각하며 다시 울음을 삼켰다.

"그런데 엎친 데 덮친 격으로 갑자기 죽어버리기까지 하다니. 내가 놀랐겠어, 안 놀랐겠어?"

그리곤 주란이 쿡쿡 웃으며 말을 이어갔다. 당신 지옥 갈 뻔한 건 알아? 병완이 그게 무슨 소리냐고 물으니, 주란은 병완이 살아 있을 때 언젠가 어디선가 들었던 전설 비슷한 이야기를 하기 시작했다. 저승에는 열 개의 지옥이 있는데, 그중 어느 지옥에서는 불쌍한 사람을 도와주지 않으면 펄펄 끓는 지옥으로 보내기도 하고 위험에 처한 사람들을 외면하면 칼날이 가득한 지옥으로 보낸다는 이야기였다. 병완은 주변 공기가 으스스해지는 걸 느끼며 주란에게 되물었다. 그런데 나는 왜 지옥에 안 간 건데?

"대신 이렇게 오랫동안 전당포를 맡고 있었잖아. 그게 당신이 받는 벌이었대. 나도 잘은 몰라. 아무튼, 나한테 미안해 안 미안해?"

"미안하지."

병완은 별안간 머쓱해져서 주란을 안고 있는 쪽이 아닌 다른 쪽 손으로 머리를 긁적였다.

"그렇게 나를 걱정 시키고 놀라게 하는데 내가 어떻게 하늘로 올라가. 절대 못 올라가지."

"올라가고 말고를 선택할 수 있어?"

"원래는 안 된다고 하더라. 그런데 내가 누구야. 고집하면 나잖아? 당신 만나기 전까지는 절대 못 간다고 드러누웠더니 누가 말을 걸더라고. 그러면 꽤 오랫동안 혼자 떠돌아야 하는데 괜찮겠냐고."

"그래서? 그러겠다고 한 거야?"

"그럼. 바다처럼 넓고 아무것도 없는 공간을 몇십 년 동안 걷기만 했지. 그렇게 여기까지 온 거고."

"내가 죽고, 지금까지 전당포 일을 하는 동안, 계속 이곳을 향해 걸어오고 있었던 거라고?"

"당연하지. 내가 그만큼이나 당신을 사랑하잖아."

병완은 울컥하는 마음을 주체할 수가 없어 걸음을 멈추고 주란에게 매달리듯 안겼다. 고맙다는 말과 미안하다는 말, 사랑한다는 말이 울음 속에 뒤섞여 아무렇게나 터져 나오고 있었다. 주란이 그런 병완의 머리를 쓰다듬으며 말했다.

"고생 많았어. 응. 고생 많았네. 나도 당신도."

"나 정말 많은 사람을 만났어. 누군가가 내게 사람과 사랑을 소중히 여겨야 한다는 교훈을 주기 위해 사람들의 사연을 바라보고 듣게 만든 게 아닐까 생각하게 될 정도로."

"그래서 깨달은 게 좀 있어?"

병완이 그녀의 품에 안겨 말없이 고개를 끄덕였다. 그리곤 팔에 힘을 줘서 그녀를 조금 더 세게 안았다.

"그러면 긴 이야기가 될 것 같네."

"당연하지. 몇 년을 이야기해도 부족해."

"그러면 나는 꼼짝 없이 당신 옆에 있어야겠네?"

"당연하지. 가긴 어딜 가."

"그러면 오랜만에 만난 김에, 나 맛있는 밥 좀 차려줄래? 몇십 년을 걸었더니 배도 고프고 너무 힘들어서."

"그래. 다시 돌아가자."

그렇게 전당포 문을 열고 들어왔을 때, 병완은 자기도 모르게 피식 웃어버렸다. 이곳을 지킨 지도 셀 수 없이 많은 날이 흘렀다는 생각, 그리고 그 동안 이곳이 돌아갈 곳, 집 같은 곳이 되어버렸구나 하는 생각에.

그나저나 이제는 어떻게 하나. 주란이를 만난 건 좋지만. 이곳을 나서서 새로 지낼 곳을 찾아봐야 하는 건가. 조금 막막하긴 하네. 그런 생각을 하고 있는데, 별안간 어떤 소리가 귀를 찢고 들려오기 시작했다. 카운터에 놓인 전화벨 소리였다.

전화벨 소리는 어느 때보다도 날카롭게 다가왔다. 주란도 꺅 소리를 내며 놀랄 정도였으니 그것은 병완 혼자만의 감각이 아니었다. 이상하다. 분명 마지막 손님이라

고 했는데. 전당포의 모든 임무를 완수했다고 했는데. 불
안한 생각들이 엄습했다. 당장 그곳을 떠나야 한다거나,
아니면 주란과 헤어져야 한다거나 하는 생각들이. 병완
은 침을 꿀꺽 삼키고는 수화기를 들어 얼굴에 갖다 댔다.

"네. 전화 받았습니다."

건너편에서 익숙한 안내원의 목소리가 들려왔다.

"드릴 말씀이 있어서 전화한 건데 왜 전화를 끊어버
리십니까?"

"아, 죄송합니다. 예상하지 못한 손님이 찾아와서요."

병완은 그렇게 말하곤 자신을 바라보고 있는 주란에
게 찡긋 웃어 보였다. 주란도 그를 향해 장난스레 웃어주
었다. 이렇게 불안한 와중에도 저 사람의 얼굴을 보면 마
냥 행복하기만 하구나. 그렇게 생각하며 안내원의 대답
을 기다리는데, 안내원은 전혀 예상하지 못한 말을 하기

시작하는 거였다.

"벌써 도착하셨나 보군요?"

"네?"

"공동 운영자 후보 말입니다."

"공동 운영자 후보요?"

"네. 생전에 선생님의 부인이셨던 분."

"네. 그 사람은 여기에 와 있습니다만, 운영자 후보라
니⋯."

안내원이 수화기 건너편에서 작게 웃었다. 병완은 저
사람이 저렇게 웃을 수도 있는 사람이었던 가 생각했다.
안내원이 말을 이어갔다.

"김병완 님의 의무 근무는 오늘로 끝난 것이 맞습니다. 하지만 근무가 끝났다고 해서 곧바로 그곳을 떠나실 필요는 없습니다. 선택하시면 되는 거예요. 이제 그곳에서의 모든 기억을 잊고 새롭게 태어나시든지, 아니면 그곳에서 계속 전당포를 지키면서 지내실지를요. 옆에 계신 분과 함께."

"주란이랑 같이요? 언제까지요?"

"원하시는 만큼요. 단, 새로 태어나시는 걸 선택하시면 두 분 모두 기억을 잃고 완전히 새롭게 다시 태어나시게 됩니다."

천천히 생각해보시고 답해주세요, 안내원은 그렇게 말하곤 먼저 전화를 끊었다. 병완은 눈을 반짝이며 자신을 바라보고 있는 주란을 향해 고개를 천천히 돌렸다. 그리곤 물었다.

"당신이 차를 내릴 줄 알았던가?"

"차? 그냥저냥 내리지. 근데 그건 왜? 차 마시고 싶어서? 내려줘?"

"아니. 나 말고 다른 사람 마실 차야. 좀 오랫동안 내내 내려야 할 것 같은데?"

그게 무슨 말이야, 주란이 의아해져서 그에게 물었다. 하지만 서서히 번지는 병완의 웃음을 보면서, 그게 무엇이든 상관없겠다는 듯이 그를 따라 웃기 시작했다.

에필로그

어떤 전당포가 있다.

말 그대로 전당포다. 무언가를 담보로 잡고 다른 무언가를 내어주는 점포.

'시간을 잇는 전당포'라는 간판을 달고 있는 전당포는 여러 곳에서 목격됐다. 사람들이 붐비는 도심 한가운데에서도, 높은 빌딩이라곤 좀처럼 볼 수 없는 평범한 마을에서도, 사람의 소리보다 새와 파도의 소리가 더 자주 들려오는 바다 마을에서도 전당포를 찾을 수 있었다.

똑같은 이름을 가진 전당포는 어딘가에 또 있을 수도 있겠지만, 그 전당포는 정말로 하나뿐이었다. 그렇게 생긴 곳은 그곳 말고는 없었다. 유리창에는 무엇이든 '빌려드립니다'였는지 '맡아드립니다'였는지, 두 글자 정도 되어 보이는 스티커가 낡고 헤져 어떤 글자인지 알아볼 수도 없게 '무엇이든 드립니다'라는 문구가 적혀 있었다. 그리고 그 앞에는 나이를 가늠할 수도 없을 정도로 커다랗고 게을러 보이는, 하지만 그만큼이나 보는 사람의 마음을 편안하게 만드는 개 한 마리가 거의 항상에 가깝게 엎드려서 졸고 있었다.

사실 그곳은 이승과 저승 사이의 어딘가에 위치한 곳이었으므로, 아무나 발견하고 문을 열고 들어갈 수는 없는 곳이었다. 돈이 너무나도 급한 사람들이 자신이 지닌 것을 맡기는 곳이 전당포인 것처럼, 그 전당포 역시 무언가가 간절한 사람들의 눈에만 보였다. 바로 누군가와의 재회가 절실한 사람들, 소중한 것을 포기하면서까지 누군가를 다시 만나려는 사람들 말이다.

그 사람들은 어쩌다 사이가 멀어졌거나 연락이 끊긴 지 오래됐거나 그것도 아니면 세상을 떠나버렸거나. 각각의 이유로 누군가를 떠나보내고 그리워하는 사람들이었다. 그리고 '다시 만날 수 있다면 이런 것까지도 포기할 수 있어'라고 혼잣말하며 눈물을 흘리기도 하는 사람들이었다.

그리고 그런 절박한 사람들 앞에는 따뜻한 차 한 잔이 내어졌다. 나이는 가늠하기 어렵지만 웃는 모습이 아름다운 한 여성이 내어주는 한 잔의 차에 괴로웠던 마음은 누그러지곤 했다.

"오늘도 고마워요."

건너편에 앉은 남자가 여자를 향해 웃으며 말하고, 여자 역시 그를 향해 따뜻하게 웃어 보인다. 그리곤 조금 떨어진 곳에 가서 앉아 책을 읽기 시작한다. 그리곤 남자가 다정하게 물어오는 것이었다.

"그래서요. 무엇이 필요해서 오신 걸까요?"

시간을 잇는 전당포II

© 유화 지음

초판 1쇄 · 2024년 12월 15일

지은이 · 유 화
펴낸이 · 김영재
마케팅 · 염시종, 고경표
디자인 · KUSH, 염시종
제작처 · 책과6펜스
펴낸곳 · 주식회사 하이스트그로우
출판등록 · 2021년 5월 21일 제2021-000019호
이메일 · highest@highestbooks.com
ISBN · 979-11-93282-19-9